青岛文脉出版基金支持出版

图书在版编目（ＣＩＰ）数据

崂山风情录 / 辛克竹编著. — 青岛：中国海洋大学出版社，2024.4

ISBN 978−7−5670−3811−0

Ⅰ.①崂… Ⅱ.①辛… Ⅲ.①杂文集−中国−当代Ⅳ.①I267.1

中国国家版本馆CIP数据核字（2024）第055863号

崂山风情录　　**LAOSHAN FENG QING LU**

出版发行	中国海洋大学出版社			
社　　址	青岛市香港东路 23 号		**邮政编码**	266071
策　　划	文脉·崂山书房　马春涛			
出 版 人	刘文菁			
网　　址	http://pub.ouc.edu.cn			
电子信箱	2627654282@qq.com			
订购电话	0532−82032573（传真）		**电　　话**	15092068195
责任编辑	赵孟欣			
装帧设计	李开洋			
平面制作	青岛齐合传媒有限公司			
印　　制	青岛东方华彩包装印刷有限公司			
版　　次	2024 年 4 月第 1 版			
印　　次	2024 年 4 月第 1 次印刷			
成品尺寸	130 mm × 210 mm			
印　　张	8.25			
字　　数	202 千			
印　　数	1~1000			
定　　价	88.00 元			

发现印装质量问题，请致电 18600843040，由印刷厂负责调换。

崂山风情录

辛克竹 编著

中国海洋大学出版社

·青岛·

前　言

　　十里不同风，百里不同俗。风俗，是社会上长期形成的风尚、礼节和习惯。各民族、各地方，不同的事情都有各自的特殊风俗，一代一代传承。随着社会的发展，现在的风俗与过去相比，尽管有些不同，但总体风格不变。

　　崂山、即墨一带的乡风民俗大致相同，但大同中亦有相异之处，细枝末节，各有千秋。旧时，即墨以南的夏庄、王哥庄、沙子口及李村以南地区（以旧时的即墨仁化乡为基准），称为即墨南乡，而即墨南乡与整个即墨（含青岛）地区的乡风民俗又略有差异。

　　一方水土养一方人，一方山水蕴一方风情。

　　一个地区的形成和发展，民风习俗产生着重要的凝聚人心、合力共存的作用。生活在同一个地域环境中，谁家有难大家自发自愿帮助，谁家有喜大家表达一份心意庆贺分享，长此以往便形成习俗，习俗成为维系乡间情感的情结和纽带。

　　崂山是一座文化名山，这不仅体现在它是佛教、道教的洞天福地、神仙窟宅，更体现在它是历代大儒的挚爱之地，凝聚了僧、道、儒各类文化流派。整个地区自古民风淳朴，世俗友和，节庆繁多，生活纷呈。经历史陶冶，时至今日盛世，迷信陋习多被抛弃，民俗风情与开放新风相融汇，使民俗传统文化呈现出鲜明的时代特征，成为人们娱乐休闲、陶冶情操的一种特有方式。

目录

第一章 岁时习俗

过年（春节）习俗

说到春节，首先要说春节的由来。春节和年，最初的含义来自农业，古时人们把谷的生长周期称为"年"，《说文·禾部》："年，谷熟也。"在夏商时代产生了夏历，以月亮圆缺的周期为月，一年划分为十二个月，每月以不见月亮的那天为朔，正月朔日的子时称为岁首，即一年的开始，也叫年。年的名称是从周朝开始的，至西汉才正式固定下来，一直延续到今天。但古时的正月初一被称为"元旦"，直到中国近代辛亥革命胜利后，南京临时政府为了顺应农时和便于统计，规定在民间使用夏历，在政府机关、厂矿、学校和团体中实行公历，以公历的元月一日为元旦，农历的正月初一称春节。

传说，太古时期，有一种凶猛的怪兽，散居在深山密林中，人们管它叫"年"。它形貌狰狞、生性凶残，专食飞禽走兽、鳞介虫豸，一天换一种口味，甚至食人，让人谈"年"色变。后来，人们慢慢掌握了"年"的活动规律，它每隔三百六十五天窜到人群聚居的地方尝一次鲜，而且出没的时间都是在天黑以后，等到鸡鸣破晓，它便返回山林中去了。

年复一年，人们算准了"年"肆虐的日期，便把这可怕的一夜视为关口来熬，称作"年关"，并且想出了一整套过年关的办法：每到这一天晚上，每家每户都提前做好晚饭，熄火净灶，再把鸡圈牛栏全部栓牢，把宅院的前后门都封住，躲在屋里吃"年夜饭"。由于这顿晚餐具有凶吉未卜的意味，所以置办得很丰盛，除了要全家老小围在一起用餐表示和睦团圆外，还须在吃饭前供祭祖先，祈求祖先的神灵保佑，平安地度过这一夜。吃过晚饭后，谁都不敢睡觉，挤坐在一起闲聊以壮胆，此后便逐渐形成了除夕熬年守岁的习惯。

要说春节（过年），则首先要从腊八说起。在崂山地区，人们普遍认为，过了腊八节就进入过年的程序了。

腊八节

岁终之月称"腊"，含义有三。一曰"腊者，接也"，寓有新旧交替的意思（《隋书·礼仪志》）。二曰"腊者，同猎"，指畋猎获取禽兽好祭祖祭神，"腊"从"肉"旁，就是用肉"冬祭"。三曰"腊者，逐疫迎春"。腊祭的对象，则是祖先以及五位家神。腊八节又谓"佛成道节"，亦名"成道会"。

农历腊月初八为腊八节，俗称过腊八，是筹备过年的开始之日。有俗语说："小孩小孩你莫馋，过了腊八就是年。"故事传说往往带着独特的神秘色彩，关于腊八节的起源也是众说纷纭。每逢这天，崂山地区家家户户都有做"腊八粥"的习惯，多用地瓜丝、小米、黄米、豌豆、高粱米、花生、豇豆、绿豆、红枣等煮粥。粥，在方言中音同煮，即熬煮的意思。俗语说"吃了腊八粥，还有二十二宿"；也有俗语说"吃了腊八粥，就把年来数"，表达了人们对春节过年的渴望，预示年节已近，须着手准备。随着生活水平的逐步提高，腊八粥也花样百出，但无论怎样变化，都万变不离其宗。腊八粥来自五谷杂粮，取其来年"五谷丰登"之意，且粥要熬得黏稠，寓意"连年"丰收。

民间还有熬腊八粥、吃腊八蒜、晒腊八豆腐、煮腊八面、吃腊八冰等习俗。

小年

农历腊月二十三日为小年，过小年的主要民俗活动是"辞灶"，即"祭灶王"。灶王也叫"灶君"，民间称其为"灶神爷"。相传，灶王原为一张姓富家子弟，娶贤惠女子郭丁香为妻，后又休妻娶李海棠。李氏好吃懒做，不久便将家财挥霍一空，又改嫁他人。张郎家境败落，又遭火灾，双目失明，沦为乞丐。一天，张郎乞讨到一户人家，主人给了他热汤热饭，后来发现施舍他汤饭者就是被他抛弃的妻子郭丁香。张郎羞愧难当，当即一头撞死于灶前。崂山、即墨地区的柳腔、吕剧《张郎休妻》，茂腔《火龙传》，讲的就是灶王爷的这段人生故事。

在传统信仰中，灶王爷是一家之主，传说他腊月二十三日要回天宫向玉皇大帝"述职"，依此在祭品中一定要有"糖瓜"（麦芽糖制作）——为使灶君上天时少说话、说好话，别把不光彩的事传到天上，便用糖瓜粘住他的嘴，即使开口说话也只说甜蜜之话。同时还要将请回家的灶祃一裁两截，上截的灶祃贴于房门后，下截的灶祃贴于房屋正间东锅灶之墙壁。

灶祃是木刻彩印纸像，上半部分印有来年几龙治水、几牛耕田、诸神方位及二十四节气等，俗称"灶祃头"；下半部分印有一男二女，便是灶君及二妻之神像。

过小年，崂山地区有"官三民四，和尚道士二十五"的说法，所以祭灶日有的定在二十四日。就是一个村，也有腊月二十三、二十四日不同时间过小年的情况。崂山地区的中部、南部多在腊月二十三日过小年；其北部、西部有在腊月二十四日过小年的。每一个区域不尽相同，但选择腊月二十三日过小年的居多。太清宫等佛、道寺观则在腊月二十四日过小年。

忙年

人们常说，过了小年，年味愈来愈浓。而所谓的"年味"就是人们在忙年中透露出来的一种生活气息，这种"味道"尽在一个"忙"字中。过了小年之后，人们就加快了忙年步伐，如开始蒸豆包（把地瓜干和豌豆蒸熟后上碾轧成馅儿，再用地瓜面或白面包好后上锅蒸，豆包谐音"都饱"之意）。

春节前的大扫除，俗称"扫灰"，以"扫除晦气"，以全新的面貌干干净净过新年。接下来还要赶年集，割肉买鱼，象征"年年有余"；购置碗筷，寓意增添人口；女人们忙着蒸馒头，且品种繁多，如蒸"枣饽饽"（馒头上镶裹红枣）、"枣山"、"花卷"等，千姿百态，展示了人们的心灵手巧，并可作为正月里探亲的礼品。

贴对联

在除夕前一天下午或除夕当日，门上要贴对联，门、窗户上槛要贴"过门贴"（以红、黄、绿三种颜色为主，为32开的5张彩纸，长约10厘米、宽约6厘米，亦称"过门钱"）。过门贴大多为镂空"福"字，并有剪纸图案，也有"四季平安""新春快乐"等字样。室内贴年画，窗户上贴窗花，有的人家还要挂灯笼。

贴对联时，上联在右（相向），下联在左，上门框正中配贴横批。

年画

贴对联要从外向里贴，依次为大门、屋门、房门、房间。旧时一般用面粉（以黏性好的面粉为佳）打成浆糊，将对联平放在门板上，用刷子在对联的背面刷上浆糊，用扫炕的笤帚从正面扫贴。同时在门框的上方要贴"过门贴"，在大门两边门框上要贴"门神"。敬奉的"门神"为唐朝的两员武将，一为红脸的秦叔宝，一为白脸的尉迟敬德。不贴"门神"像的就直接贴"神荼""郁垒"两门神的名帖。大门外对面的墙上，门内照壁上，磨坊内的石磨上，盛粮食的囤子上，衣柜、炕头及祝子两边的墙壁上，都要贴"福"字或"春"字，并在其下方贴长条形单幅春联。大门外贴"抬头见喜""吉星高照"，炕头上贴"炕暖人安""身体健康"，祝子旁边贴"四季平安""新春快乐"，衣柜上贴"衣服满箱""丰衣足食"等，不一而论。

崂山春联

对联的大小，由门的大小而决定。大门的对联一般由 4~5 字组成，屋门的对联一般是五言、七言联，房门上一般为七言、九言联。对联的内容广泛、喜庆，既有传承治家式的，或祝福格言式的，又有反映时代背景或喜庆格言式的。商家贴"生意兴隆通四海　财源茂盛达三江"；书香之家贴"忠厚传家远　诗书继世长"；一般人家则是"丰衣足食　国泰民安"；等等。横批要与对联的内容相吻合，常用的一般有"一元复始""四季如春""三阳开泰""万象更新""五福临门""竹报平安"等。无论是商家还是诗书之家，无论为农还是为渔，这些春联在祈求一个好年景的同时，也在守护和传承着良好的家风。

一时间，全村家家户户流光溢彩，充满了节日的欢乐气氛，只有家中遭丧、子女未除服者，连续三年不能贴春联，此习俗流传至今。

崂山地区贴春联，在时间上分为两种情况，一种是延续除夕头一天下午贴春联的风俗。此类情况原因有二：一是因为冬季的下午往往较暖和且风小，怕第二天起风或降温，贴不上春联；二是除夕上午事务繁杂，提前贴上春联，不至于除夕这天过于忙乱。第二种情况是在除夕上午贴春联。因为人们认为，除夕，即"岁除""除夜"之意，这一天才是一年的最后一天，贴春联理所当然应该在这一天的上午。但无论是哪一种情况，都必须赶在除夕中午前将春联贴好，否则将影响过年的喜庆氛围。

腊月二十九日（小进为二十八日）下午，或除夕一早，还有一项工作，就是清扫院里、门前街道的卫生，干干净净迎新年。

习俗中，自贴春联起，正式进入大年节庆。

除夕

除夕日是最忙的一天，也是最热闹的一天。前一天晚上，家长们已为孩子们将过年穿的新衣服准备好，叠放在孩子们的身边，便于除夕早晨孩子们穿戴。除夕日天刚放亮，喜欢热闹的孩子们便早早起床，叽叽喳喳起来。一时，街上便响起噼里啪啦的鞭炮声。女孩着新衣、扎彩绳、打粉脸、抹口红，熙熙融融，欢声笑语；男孩比炮仗、看灯笼、论英雄，嚷闹喧阗，此起彼伏。

在街巷的喧闹与鞭炮声中，家里的男人则忙着挂祝子、摆供桌。悬挂于正堂的祝子要赶在中午前挂好，正北供列祭品，一般为三盘、三碟，有糖果、鱼、肉、蔬菜，并有长青植物加以点缀（现在为名贵花卉）。当日上午要把水缸、水桶挑满水，中午全家吃隔年饭，喝团圆酒，是全年最为丰盛的吉庆家宴。

下午，女人们开始忙着包饺子，准备年夜饭。

挂祝子

宗谱，也称影轴，上有族中已故先人名字，有祝福传家继世、子孙满堂、传承久远之意；祝，甲骨字形，像一个人跪在神像前拜庙。有祭祀、庙祝、祈愿之意，因之称其为"祝子"。其纸质较厚，长约2米、宽约1.6米，像一幅画卷，分上下两部分。上部分顶头正中端坐着一男一女，分别为"高祖公"和"高祖婆"。两人中间有一供牌，上面写着"宗亲之位"。在"高祖公""高祖婆"座位下面，画有通廊，直通下部与庭院相接，通廊左右布满长条形格子，上面要填写本族支内所有已逝的男人名字，女人则用"某某氏"称谓（丈夫的姓在上，本人姓氏在下，如辛赵氏等，后单写本人原有姓氏），按辈分自上往下排列。祝子的左右两侧一般写有"教子孙两条正路

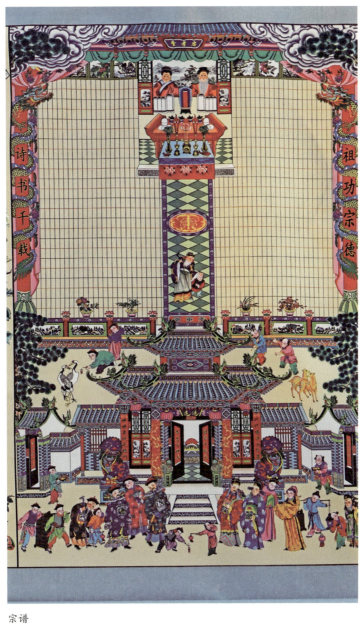

宗谱

惟读惟耕，衍子孙一脉真传曰忠曰孝"等，根据家庭情况，不一而论。祝子的下半部分画有庭院，庭院后门上接通廊，内画有假山、青松、翠柏及男女孩童燃放鞭炮之状。庭院前门黑漆大门左右各贴有"本支百世长""俎豆千秋永"的红色对联；两扇大门半开状，内画有古代装束的数对夫妻携儿带女，正向大门走去的情景，有的男人还作躬身拱手贺年状。整个祝子画面给人一种既严肃庄重又不失活泼喜庆的感觉。祝子的两侧再配挂上宽30~40厘米、长约2米的"东莲花""西牡丹"的条幅，莲花、牡丹的条幅上还画有"麒麟送子"的吉祥图案，与祝子连为一体，相映成趣。

请年

所谓普天同庆，旧时多用于形容过年，是指阴阳两界、普天之下共同庆祝之意。因此，除夕之夜要将已故祖先、亲人"请"回

祭祖

阳间共度新春佳节。

傍晚时刻，家中男性提着灯笼，穿着崭新的衣服，带着香纸、鞭炮到族茔"请年"，这是一项很神圣的程序。烧完香纸、奠茶、酒，还要喊着称谓，"请爷爷、妈妈（即奶奶，20世纪60年代前，崂山人称奶奶为妈妈）、爹、娘回家过年了！"请回年来，接下来便是"接灶"，就是把腊月二十三日归送回天宫降吉祥的灶王爷再请回家，在其神位前要单独摆好祭品，并将腊月二十三日辞灶时贴于锅灶墙上的灶君神像请下来与香、纸一起焚烧。

晚上八九点钟开始，全家人聚在一起喝酒、论吉祥。此时一直到午夜时分，说话时要小声，并说吉祥话，憧憬来年好光景，气氛既欢乐又祥和。一来，各界神灵已经"请回"，不宜大声喧哗；二来，崂山地区民间有大年子夜有人"收发"（巫觋）的传说，认为大声喧哗容易导致声音被"收走"，如果哪个人的声音被"收发"者收走，此人便会一整年魂不守舍。

到午夜时分，爆竹声渐起，随后愈来愈激烈，一时响彻云霄。过大年了！

除夕夜子时是最神圣的时刻，女人忙着煮饺子，男人率全家子弟走出门外，按方位迎神、叩拜，在鞭炮声中辞旧迎新。在吃饺子前，先点燃起正北供桌上的两支大蜡烛，烧香磕头。煮熟的饺子要先敬祖先，再由男人端着饺子（一般是将盛着饺子的碗放在方形木盘上），带上三炷香（三支香为一炷），到"家庙"（祠堂）磕头、烧香，祭拜全族人的祖先。回家后，还要端着饺子送到亲近的长辈家中，俗称"还饺子"。如果父辈兄弟众多，等到还完饺子时，自家的饺子都快凉了。还完饺子后，全家才能开始吃饺子过年。在吃饺子之前还要给长辈磕头拜年，长辈们则报以磕头的彩礼，也叫"压腰钱""压岁钱"，今称"红包"。磕头时，首先敬拜祖先，然后给在世的家中长辈磕头。给在世的长辈磕头时，口中要喊着"爷爷、妈妈（即奶奶），爹、娘，（我）给恁（方言，您）磕头了"。磕头时，要一位一位地喊，一位一位地磕头。然后吃饺子守岁。

拜年

大年五更，除夕夜子时起，新年伊始，只许说吉利话。为避免禁忌词语，多不许小孩子讲话。年轻人就到支族人家和家庙、土地庙"送香"。

拜年的顺序是，由上至下，由近及远。先到最亲近，辈分、年龄最长者家中拜年，凡是同族支"五服"以内的长者家中都要一一拜到。年夜里，各家各户大门都是敞开的，拜年者一进大门就要喊："爷爷、妈妈（即奶奶），大爹、大娘，给恁拜年啦！"声音未落，人已进门，然后在正间供桌前烧香磕头，再进居室内与长辈及家人同贺相庆，说些过年吉利话。子时过后，大街小巷，拜年的人群络绎不绝，小孩提着灯笼，青壮年手持香纸，三五成群，相互祝福，互相问候"过年好""恭喜发财""同喜、同喜"等吉祥话，孩子们在街巷里燃放鞭炮，全村沉浸在欢乐祥和的气氛中。此时已是大年初一凌晨。从除夕开始，家里便不再关门，一直到送年。

崂山地区拜年的时间不尽相同，中韩、金家岭、沙子口、北宅区域吃了大年饺子即兴拜年，其他区域则在第二天早上开始拜年。

熬冻

在崂山广阔区域特别是沿海一带，大年初一凌晨，大多数家庭还有一项很重要的事情要做，那就是"熬冻"。冻，也叫冻凉粉，即利用除夕夜煮饺子剩下的饺子水，将冻菜放入大锅中熬制。冻菜即石花菜，秋冬季节将其从海底的礁石上采捞，放在屋顶晾晒干后储存起来，然后在冬闲时节熬制。而大年初一凌晨利用煮饺子的余温熬制冻菜，一来可以节省燃料，二来也是为正月侍候客人、招待亲朋的场合准备一个人人喜爱的凉菜。该项工作一般由家中妇女完成。

从除夕夜到初二夜，家家炕上要摆有几样小菜，多为自家熬制的用蒜泥和酱油拌好的冻凉粉、豆芽菜、肉皮冻及豆腐、花生米之类的凉菜。人们边饮酒边畅谈，交流一年来过日子的心得与收获，以及新一年的打算，从国家大事到乡野新闻、异人奇事，无所不谈。村民邻里之间就算平日里有个言差语错，有个小纠纷或小矛盾，在过年期间主动到对方家中拜个年，就可在无形中予以化解和好，即乡邻所说的"年节解人气"。

正月初一

正月初一是亲朋拜年的日子。在盛行大年夜拜年的区域，本家族的人一般在除夕夜里已相互拜访过，初一一般为街邻好友家相互拜年的时间。大多数村庄有一个祖宗留下来的传统，就是在大年初一这天中午，已经各自居家过日子的兄弟，要请父母和兄弟们一起拜年、吃团圆饭，酒席间，抚今追昔，畅所欲言，祝福今年有一个美好的开端和丰收的好年景。如果家庭中有兄弟几人，则往往要从初一中午或晚上往后安排，轮换"喝过年酒"，以增强一家人的感情。此外，前来拜年的街邻、好友，也往往要坐下来喝几杯，共话今年美好前景。旧时的新年期间尤其是大年初一，也是亲朋好友之间根据以往农业经验，预测旱涝、分析年景、集思广益、安排农事的时候。

大年初二

大年初二是看娘舅、姑妈的时间。这天，娘舅家要好好招待外甥，有"初二的外甥比舅大"之说。这天，也是前面没来得及相互拜年的乡邻、好友拜年的时间。初二之夜则是恭送历代宗亲回归之日。

送年

旧时，送年的时间一般为初三凌晨丑时。新中国成立后，送年的时间逐渐提前到初二戌时至亥时。进入 21 世纪，有些人家在正月初二傍晚 6 点就开始送年了。送年煮饺子时，燃放鞭炮，将第一碗饺子祭天地和已故祖辈，再面向祝子、宗谱，在供桌前烧香、烧纸、祭酒之后，吃送年饺子。20 世纪 60 年代中期以前，放过鞭炮、吃过饺子后，家中的男性长辈要带着供品，带领男性子孙到街头或村头点燃香、纸，祭酒朝祖茔方向叩头，送已故祖先灵魂回茔，标志着年已过完。从除夕请年后开始，族谱、祝子前就要香火不断，烧香前要先净手（洗手），不等一炷香燃尽，香炉里就要续上第二炉香，一是表示对祖先的敬奉，二是象征子孙后代香火不断，直到送年后方可停止烧香。家中人手少者或一家之长外出拜年时，往往要带上一根"志香"，以防错过续香时间。直到送走祖先回归后，才可以将大门关上。

正月初三

在崂山大部分地区，正月初三是闺女、女婿携孩子回娘家的日子。这天一早，要将除夕上午挂在正堂的祝子请下来（有的人家在送年后即将祝子请下来），卷好放在供桌靠紧北墙的地方，墙壁上只留下东、西莲花，牡丹两幅画轴，中堂部分则空下来（背景一般为花布）。在初三这天，闺女、女婿不论天气如何寒冷也要回娘家，丈母娘既忙活又欢欣，显示对女儿女婿之亲情。

除正月初三要回娘家外，大凡岳父母在世者，女儿、女婿每到清明节、端午节、七巧节、中秋节、寒衣节、冬至等重大节日的第二天，都要回娘家探望父母。此为后话。

大年初一到初二的夜间，青年男女还有一个"看新媳妇"的习俗。青少年三五成群地到年前结婚的人家看新媳妇。新媳妇穿着结婚的新衣服盘腿坐在炕头上，青少年们前来取闹，对新媳妇说些俏皮话，或"逼迫"新娘介绍恋爱经过和结婚感受等。聪明的新媳妇往往坐到公婆的炕头，由长辈坐镇，求得长辈的保护，以约束前来取闹者的行为。

正月初四、初五为看望姑、姨的日子。

海庙节

正月十三为海庙节，也称龙王节。旧时，沿海各村几乎都建有"龙王庙"，以祈求"龙王"祐护。当天，凡是渔民之家，一大早就准备好了供品、鞭炮等，一些殷实的渔民之家还要准备"三牲"等大型祭祀品，到海边拜庙，祭祀龙王，祈求有一个好年景、好收成。20世纪80年代至90年代初，海庙节的热闹程度达到高峰。这天一大早，渔民家庭便先到海边祭海，然后返回到村周边燃放鞭炮。届时，村周边人山人海，鞭炮声响彻云宵。

元宵节

　　正月十五元宵节（又叫灯节），这天家家户户用豆面做成不同形态的灯，有十二月灯，即灯沿上捏起齿状，每个齿代表一个月，还有莲花灯、神生灯等，还制作一部分萝卜灯、白菜灯，傍晚时分到族茔送灯（20世纪80年代后改用小蜡烛代替），送灯回家还要将面灯注油点燃，放到每个角落照明，一时屋里屋外，灯火通明，以求除害、灭灾。是夜，家家户户挂灯笼，吃饺子，摆酒庆贺；儿童燃放"嘀嗒卷"，年轻人则打起锣鼓，放起礼花、鞭炮，一直欢腾到凌晨。

元宵节锣鼓表演

元宵节跑旱船

元宵节鼓乐表演

元宵节踩高跷

元宵节花车

抢铁花

在崂山有些村庄，正月十五、十六夜晚有抢铁花的习俗，起始年代不详，但自老辈人记事起，就有元宵节抢铁花的记忆，一直延续到20世纪80年代初。

抢铁花，简称抢花，又称流星铁花。事先要制作一个铁笼，就是将烧熟的铁块捻成丝条，然后做成一个驴笼嘴似的铁笼子。十五当晚，将事先准备好的铁锅碎屑烧红，将铁笼子四周填装好木炭，再将碎锅铁屑填装在木炭的中间，点燃木炭后，两个人用一根铁棍抬着一笼红红的"好年景"来到村边一开阔处的高岗上，等待着月上东山，便要撒出一夜"天女散花"，抢出一年风调雨顺。抢花人一般为两人一组，背靠背站着，其中一人牵动着手里的绳索，渐渐将一笼铁花挥舞起来，刹那间，燃烧的火笼恰似一条火龙飞向空中，所到之处，那龙头呼啸着，喷着火舌，仿佛要挣脱绳索的束缚，飞向天际；旋即，那火龙旋转得愈发快了，犹似天龙戏珠般地盘旋在山岗上；一会儿，稍显慢时，绳索早已接在第二人手中，空中的火球愈发飞舞起来。起初，那铁花稍呈现红色，一簇一簇，流星般飞到眼前；继而，那铁花便转呈耀眼的银色，成束成线，飞花四溅；眨眼间，铁花银光，如天女散花，漫山遍野，整个天空映得如同白昼。

十五、十六晚上都有抢花，但以十五日晚上最为隆重、出彩。

在现金家岭办事处的午山、麦岛片区，正月十六有两天庙会，供奉午山老母和荒草庵的三官爷。旧时，这两处庙会时，周围村庄都组织锣鼓队前去进香。因此，前一天夜里要供祭这两处的神像，名曰"供印模子"，第二天到庙会与纸钱一起焚烧。

荒草庵的来历与传说

在崂山地区，包括原青岛市区，荒草庵是一座妇孺皆知之名庵。因此，从民俗方面来说，就不得不提及荒草庵的故事。

在浮山庙南麓、金家岭麦岛社区北方山坡（原青岛市社会福利院）西侧，于苍松翠竹掩映中，有一座名庵，曰荒草庵，亦称黄草庵。此庵始建于明朝嘉靖年间，由山东头、大麦岛、王家麦岛、徐家麦岛、大尧、小尧、浮山后等8个村庄捐资修建，初始规模很小，后由道士高知礼在浙江不断募化，增加殿宇，至清朝末年，规模已很可观。

浮山庙与荒草庵山上山下，遥相呼应。只因这庙、庵一阳一阴，人们每每提起浮山庙，就会说到荒草庵。

荒草庵文保碑

荒草庵傍山环水，石桥镜湖，鸟鹊聚集，环境幽雅宜人。庵院前后有大小泉眼喷涌无数，据说大而为井者名"神水泉"，远近求水者络绎不绝。此水甘甜纯澈，历代均传有神效。庵前有三株老枫杨，一株已经枯朽，只存主干，另两株"长势旺盛，虬曲盘旋，遮天蔽日"。

荒草庵始建于明朝嘉靖年间，与崂山之铁瓦殿同属一派。（该庵于"文化大革命"中被毁，现仅存遗址，1998年列为崂山区重点文物保护单位。）原正殿中间亭楼供奉南海大师，左侧是"三官殿"，右侧是"娘娘殿"；东厢为"七神殿"，西厢为"阎王殿"；对面供奉着"关帝爷"。传说是因海中一船夜间倾覆，后来在荒草庵之灯光指引下安全靠岸，船老大为感念其功德，将船上关帝神像送此立庙供之。荒草庵山门在东南，院内西南建有一道士住舍，建筑呈回字形，民国时期尚有道士3人，仆役4人。庙产包括土地43亩，山林四五百亩，由庙观自行管理，每年收入不菲。庵内两大一小三株银杏树，东侧两株大树枝叶交错，是青岛地区雌雄并植的夫妻树中长势最为茂盛者，西侧10余米处一株较小，当是夫妻树分蘖的后代。雌雄二树中雌株更为高大粗壮，旺年尤能结果五六百斤，迄今不衰。院内的银杏树，其粗大总是吸引着进庵者数人连手围抱丈量；其中一棵银杏树多根树根弯曲上翘，传说为拴"小鬼"所用。

庵门设在院子东南，旧时庵前曾有深沟，后填为平地。周围群山环抱，树木参天，一派仙家之气。旧时，每年正月十六庙会，周围村民不惜翻山越岭前往参加，商贩、人流摆摊、购物、鞭炮齐鸣；旱船、高跷、秧歌、杂耍，锣鼓喧天。一时，善男信女，香火缭绕；商贾游人，流连忘返，热闹非凡。

荒草庵庙会之所以热闹，荒草庵之所以吸引着善男信女，与众多民间传说密切相关。且择其一在此详述，或可佐证解疑。

传说，很久以前，远在百里之外的北夏庄，有一王姓老者一日忽去世，家人哀其突然，悲痛其逝，商量不日发丧。三天后，家人正欲将其盛殓时，其儿女突然发现逝者眼皮眨动，疑为"诈尸"，不由大惊。族人正惊疑慌恐之时，老者突然挺身坐起，长嘘一口气，口言"可使（累）死我了！"然后双手一摁棺沿，一跃而起。众人方才确信，逝去之人死而复生。众疑之下，免不了要问长问短。喝过家人递上来的茶水，王老头这才娓娓道来。

王老头回忆说：自己正在熟睡中，忽见"黑白无常"两小鬼将绳索套在他的脖子上，牵着就走。不时，他被带到一处名叫荒草庵的地方，先时，被拴在了一棵粗大的白果树翘起的树根上，他仔细一看，却见这树不同寻常，其树根多有翘起，树根上拴着的不只他一个人，周围还有三五个人。也不知过了多长时间，就听"阎王殿"里点钟传唤他。当阎王询问他的生辰八字并家庭生处时，这才发现抓错了人。阎王掐指一算，说声不好，吩咐黑白无常快快将此人送回返阳，且莫耽搁了时辰。于是，两个小鬼牵着他一路狂奔，终于赶在下葬之前返了阳。

听过王老头惊险的叙述，族人焚香祷告，又是一番燃放鞭炮，大宴宾客，把送葬宴变作返阳喜宴。

过了两天，王老头根据回忆，定要前往梦中荒草庵察看一番，以确定到底是否有一处名叫荒草庵的所在。

说走就走，他叫上一个年轻后生跟班，背上干粮，边走边打听道路。这天，当两个人一早来到山东头村时，在村口遇到几位老者正在闲谈，便问此处是否有一个名唤大麦岛的村落，村之上是否有一处名叫荒草庵的地方。在得到确切回答后，王老头坐下来歇息，并与老者们攀谈起来，说了自己起死回生的经过。众人大为唏嘘，并约定下晌仍在此等候王老头，看看到底是怎样一回事情。

当王老头两人来到荒草庵后，看到庵前后的一切，与自己被小鬼捉来时的情景一模一样，又查验了拴他时的那棵老树根，这才确信自己生死间经历的一切真实无误。当两个人返回来时村庄时，果见几位老者等候在此，便将所见情况一五一十地讲明。众人感叹不已，并留王老头两人当日于村中宿下，第二天再走。从此，有关王老头起死回生与荒草庵的故事不胫而走，流传至今。

题外话：旧时周边民众对此传说深信不疑，且在浮山周边十几个村的丧葬习俗中，人去世后，家族中人首先要为逝者到村中的土地庙报信，然后到浮山前的荒草庵挂名报到，俗称"报庙"，一时哭声震天。后有孩子哭闹不休或妇女因故撒泼哭闹时，会戏谑称其"报庙了"，皆由此而来。

土地节

出了正月的第一个节日是二月二，是一年中春季初始、万物复苏的时节。民间俗语曰："二月二，龙抬头。"此日多在农历节气雨水和惊蛰之间，地下蛰眠的动物开始起蛰，故农家有二月二这

荒草庵入口

荒草庵旧屋

荒草庵庭院老树

荒草庵院落全景

天"熏虫"的习俗，即手持燃香，将墙角旮旯、炕头席下等地方熏一遍，以保持家中清洁。据传此日是土地爷的生辰，所以清早就要敲锣打鼓到土地祠送香纸、放鞭炮、送豆等。各家各户还要用草木灰在天井、街上、场院撒成一个很大的圆圈，俗称"打囤子"，寓粮食满囤之意，俗语有"二月二，龙抬头，大囤满，小囤流"一说。节日习惯吃地瓜面包子、小豆腐、煎饼等。旧时，包子的馅一般系菜叶调成，煎饼一般用玉米、胡黍、糁子、地瓜干等磨成的面粉调成糊子，均匀地抹在鏊子上，制成一张薄薄的圆形的煎饼，其中以小麦面和小米面调成的"糊子"做的煎饼最为好吃，但因生活条件所限，一般村民很少摊这类"奢侈"煎饼。民谣有"二月二吃煎饼，大人孩子一天井"。当日，家家户户炒豆，有大豆、地瓜豆、面豆、豌豆等多种。几个人见面，将豆子拿出合吃，称为"豆豆豆，入入流""二月二，吃糖豆，老婆孩子一炕头"。另有"二月二，觅汉上（工）日儿"之说，是说这一天，短工、长工要到东家报到上工，开始一年辛勤劳作。因此，这一天应该视为农作开始之日，为农民的节日。

随着社会的进步和经济的发展，二月二这天祭神、撒囤等习俗已经消失，但炒豆等节日食品有增无减，而且品质愈来愈高、品种愈来愈多，并演变成市场上的商品。

清明节

清明节，兼具自然与人文两大内涵，既是二十四节气之一，也是传统祭祖节日。清明时节，草长莺飞，万物复苏，为农家春耕春播之始，谓"暮春大节"。在民间，清明节的前一天为寒食节，俗称大寒食。相传为春秋晋文公重耳为纪念救命恩人介子推携母隐于绵山被火烧死而设。古时此日忌火，寒食即冷食，不动炊。寒食的前一日，要到祖茔祭祀、添土，祭祖扫墓，悼念故去的亲人。崂山地区寒食与清明一起过。

清明节期间（前两天）活动很多，一是踏青，趁天不亮，未婚的青年男女便事先约好（也有的头一天吃过晚饭后，便相约在某一家打牌玩耍），凌晨三五成群地带上小锅、小米、清水、鸡蛋等，到村外的河边、地头支起锅灶，烧起柴草，煮小米粥、鸡蛋吃。谁吃到提前放进粥里的针、戒指、钱币等会很高兴，因为这些东西象征着心灵手巧、吉祥如意。吃到针线、鸡蛋、葱花，寓意聪明；吃到小石头，寓意厚道、心眼儿实；吃到针，寓意手巧；吃到顶针（俗称指扣），寓意心眼多（有"千窟窿万眼"一说）。青年男女，三五好友一起聚餐，俗称踏青（踏，崂山话里念 zhù 音）。

清明节这天，孩子和青年还要穿戴一新，放风筝，荡秋千。秋千架子早在数天前已在各大街头上扎起，吊上秋千绳、底座，供男女老幼（主要是男女青年）玩耍。男女青年便争相荡起秋千，比试谁荡得高，谁飘摇在高处的姿势美。值得一提的是，旧时清明节这天，打扮一新的大姑娘、小媳妇都可以出来"风流"一番，胆大的独自一人登上秋千，千荡百回，胆小的则与人一起荡，也有的纯粹是到街上看热闹。每架秋千都围满了看热闹、呐喊助威的人群。各街头不时传来阵阵激动的尖叫声、助威呐喊声，一整天，欢声笑语传遍大街小巷。

放风筝是清明节的又一传统民俗。清明时节，孩子们带上家长帮扎的风筝，如八卦、"刘海钓金蟾"、苍鹰、蜈蚣、蝴蝶、人物等形状各异的风筝，登上高坡，比试着谁放得高，谁风筝图案新、色彩美。

因过清明节人们要外出参与活动，所以青少年都穿上新衣帽，还要在帽子上（女人在头发上）插上片松（侧柏）叶，寓意不招病灾。

扫墓

扫墓祭祀、缅怀祖先，是清明节的一项重要内容，是中华民族自古以来的优良传统，有利于弘扬孝道亲情、唤醒家族共同记忆。在崂山地区，无论是山村还是渔村，自古以来就重视春祭。这天要到祖茔坟头上压纸、添土、除草或竖碑，寓意后继有人，在墓前烧黄纸、"钱褡子"等，敬奉、缅怀祖先。

新中国成立后，学生、单位团体在清明节这一天要祭扫烈士墓，敬献花圈、鲜花，缅怀先烈，接受革命传统教育。20世纪60年代"平坟还地"，田间的坟地被平整铲除，扫墓之俗渐息，但在清明节祭祀祖先的习惯仍得到传承，有的仍按旧俗祭扫，清明扫墓的习俗延续至今。

清明节为重大节日，旧时私塾、学堂也放假，四月四日又是旧儿童节，学校都组织学生春游。2008年起，国家将清明节设为法定假日，当日放假一天。

端午节

农历五月初五端午节，又称端阳节，传说是纪念战国时期楚国大夫屈原含恨投汨罗江殉国的节日。崂山地区风俗主要有以下几个。

佩五索。旧时，用从货郎那里买来的五色新线搓捻成新绳，俗称"拉五索线"。拉线时，口中念念有词："抽一根儿，拉一根儿，再给大娘追（加）上根儿。"佩好的五索，被少儿和妇女系在手脖、脚脖、手指上，直到麦收后下大雨时，将新索解下，随水漂去，让其变成"彩龙"。佩五索的寓意在于避邪、防蛇蝎和蚊虫叮咬。新中国成立后，有了供销社，便去供销社购买五彩线，配成五索。

成年男人一般不佩戴此物。

拉露水。日出前到田野里寻找艾蒿，把落在艾蒿等植物上的洁净露水珠，用干净的手绢接下擦眼睛用。然后采集些许艾蒿带回家（也有到集市上购买的），插于屋檐、门口、窗棂等处，避灾驱邪。

吃粽子。家家户户用苇叶、柞树叶等作包皮，内裹大米、黄米，并添加大枣、花生米等，包成三角形或长方形的粽子，节日食用或亲朋之间当礼品互相馈赠。也有人家到市场上少量购买。据说，吃粽子的风俗也是为纪念屈原。这天，富裕人家有吃虾蟹、喝雄黄酒的习俗，以防百病；普通百姓之家，一餐米饭足矣。2008年起，国家将端午节设为法定假日，农历端午节这天放假一天。

过半年

农历六月初一过半年。很早以来，即墨以南地区就有六月初一过半年的习俗（红岛、河套、上马、棘红滩过六月六）。关于"半年节"的由来，在当地有不同的说法。一是农历五月底已经收完小麦，即墨以南的崂山地区有"吃新面饽饽（馒头）"一说，即新鲜小麦下来了，要敬奉祖先，已经成家立业的要在这几天请长辈吃新鲜饽饽，以示孝敬；二是农历六月没有其他节日，因此把本应该在农历七月初一的节日，提前到六月初一；三是劳累了一季，夏收结束，夏耕夏种在即，在六月初一这天过半年、庆丰收，感谢神灵，祈求秋季并来年丰收，也有承上启下之寓意。

六月初一过半年这天，家家户户吃新鲜麦子磨的面粉包的饺子，吃新鲜馒头。新鲜馒头还要馈赠亲友，让亲朋品尝。这是继春节、元宵节之后的"第二顿饺子"，又是新鲜小麦面的饺子，因此也是这一带民众比较隆重的一个节日。

乞巧节

农历七月初七，称为"乞巧节"，是中国人的"情人节"，传说是每年牛郎织女在天河相会的日子。是日，家家户户都忙着"磕饽花"（烙"磕花"）。制作"饽花"，用备好的木刻模具，压出花、鸟、鱼、虫、兽等形状、花样繁多的小面食，入锅烙熟，俗称"饽花"，象征喜庆，为少年儿童最爱。旧时，很多少年儿童将各种形状的面食用红线串起来，挂在墙壁上，日后馋饿时即食，或用红线加草秸穿起来挂在儿童脖颈上作为饰品。因一家备有模具有限，故多相互借用，各家饽花种类增多，邻里之间亲热无比，其乐融融。

财神节

农历七月二十二日为财神节，又称财神会，是为商业节日，自古颇受重视。富裕人家，特别是家中做生意的村民，在这一天要准备丰盛的晚宴，供奉文财神比干和赵公明、武财神关羽等神像（所供奉之神像各家略有不同），虔诚上香祭拜，以祈生意兴隆、财源广进。普通农家同样要庆贺一番，家家迎财神，户户接财神，以求得财神福佑，有一个好年景、好收成。是日晚，男女老少喜笑颜开，家家户户鞭炮齐鸣。

中秋节

农历八月十五为中秋节，也称团圆节，是一年中的重大节日，是我国的传统佳节之一。节前亲友互送月饼、礼品。节日当天，亲人团聚，一家人围桌品尝月饼及各种时令鲜果，饮酒赏月，共享天伦之乐。

20 世纪 80 年代起，随着社会及经济的发展，中秋节节日气氛愈渐浓重，成为仅次于春节的第二大节日。2008 年起，中秋节当天被设为法定假日，放假一天，以示庆贺。

重阳节

重阳节，为每年的农历九月初九，是中国民间的传统节日。《易经》中把"九"定为阳数，"九九"两阳数相重，故曰"重阳"；因日与月皆逢九，故又称为"重九"。九九归真，一元肇始，古人认为九九重阳是吉祥的日子。古时民间在重阳节有登高祈福、秋游赏菊、佩插茱萸、拜神祭祖及饮宴求寿等习俗。传承至今，又添加了敬老等内涵，于重阳之日摆百老宴，感恩敬老。登高赏秋与感恩敬老是当今重阳节日活动的两大重要主题。

重阳节在历史发展演变中杂糅多种民俗为一体，承载了丰富的文化内涵。在民俗观念中，"九"在数字中是最大数，有长久、长寿的含意，寄托着人们对老人健康长寿的祝福。旧时，崂山地区的村庄，对此节日的关注度不高。至 20 世纪 90 年代以后，随着社会经济的发展与对尊老爱幼之风的倡导，重阳节渐受重视。尤其是进入 21 世纪后，重阳节这天，儿女子孙往往要为父母长辈过重阳节，或回家与父母长辈团聚，或将父母长辈请到饭店，一起庆祝节日，并向长辈赠送衣物等礼品，祝福祈愿父母长辈长寿长福。

1989 年，国家将农历九月九日定为"敬老节"，倡导全社会树立尊老、敬老、爱老、助老的风气。2006 年 5 月 20 日，重阳节被国务院列入首批国家级非物质文化遗产名录。

十月一

农历十月初一又称"寒衣节""十月朝""祭祖节""冥阴节"，有些地方的民众称为"鬼头日"，是我国传统的祭祀节日，相传起源于周代。寒衣节流行于北方，不少北方人会在这一天祭扫祖墓，在仙逝亲人墓前烧纸扎的御寒衣物供其在冥间使用，谓之送寒衣。北方将寒衣节与每年春季的清明节、七月十五中元节合称为中国的三大"鬼节"。同时，这一天也标志着严冬的到来，所以也是为已故父母、祖辈亲人烧御寒衣物的日子。

后来，有的地方，为已故亲人"烧寒衣"的习俗有了一些变迁，不再烧寒衣，而是"烧包袱褡子"。人们把许多冥纸封在一个纸袋之中，写上收者和送者的名字以及相应称呼，叫"包袱褡子"，有寒衣之名，而无寒衣之实。人们认为冥间和阳间一样，有钱就可以买到许多东西。

崂山地区与北方大多数地区一样，在农历十月初一这天有上坟添土、送褡子祭祖的习俗。这一天要吃饺子，也有秋冬之交庆祝丰收的意境。

冬至

《月令七十二候集解》："十一月中，终藏之气，至此而极也。"[1]《通纬·孝经援神契》："大雪后十五日，斗指子，为冬至，十一月中。阴极而阳始至，日南至，渐长至也。"[2]冬至为每年公历 12 月 22 日左右或农历十一月十五（满月）前后。此日太阳几乎直射南回归线，北半球白昼最短，北极圈极夜，南极圈极昼，

---

① 　《月令七十二候集解》为旧本题元代吴澄撰。

② 　《通纬·孝经援神契》作者不详，学识斋出版，1868 年 8 月出版。

其后阳光直射位置向北移动，白昼渐长，可见冬至又代表着一年之始。又十二地支之首支"子"冠于冬至，因此冬至所在之农历十一月又称为"建子之月"，因为它是"阴极之至""阳气始至"，也是"日行南至"的节日。由于冬至过后，新年就在眼前，所以又有"冬节大如年"的说法，意思是说冬至的礼俗隆重，和年节相差无几。中古以来，虽然冬至（至日）不是年节，但人们习惯把冬至看成"节气年"的分界点，因为冬至日这一天，昼最短，夜最长，此后便是夜渐短，昼渐长，阴消阳长，新的一个节气年又开始了。古来官民有冬至日吃饺子的习俗，据传说，当天如果不吃饺子，在这个冬天，可能会冻掉耳朵。

冬至又称过冬，旧俗两天，第一天为"鬼冬"，摆供祭祖吃饺子，第二天为"人冬"，吃包子。

此外，还有入伏、立秋等传统节日，崂山地区一般是象征性地变换一下饮食，吃碗入伏面、立秋面，以示季节变换。在此不一一赘述。

第二章　婚姻民俗

婚姻嫁娶的礼仪世代相传，伴随着社会的发展不断演化变革，形成了一系列复杂又烦琐的民俗现象。

男婚女嫁，从古至今谓之大礼。老百姓讲，婚姻嫁娶是红事、大事、喜事，人们不约而同地把洞房花烛夜列为人生四大高兴事（洞房花烛夜、金榜题名时、他乡遇故知，喜添贵子日）之首。而"男大当婚，女大当嫁"，则成了为人父母的口头禅。当儿女们到了谈婚论嫁的年龄，天下父母无一不为儿女婚事操碎心。而婚嫁又必须按照当地的风俗进行，绝不能自己标新立异，坏了当地规矩。在旧封建礼教统治下，婚姻多为父母包办，需遵从"父母之命，媒妁之言"。有权势的人家结婚兴"六礼"，即纳彩、问名、纳吉、纳征、请日、亲迎，普通百姓家也要经过说媒、合婚、订亲（下媒柬）、送日子、抬嫁妆、迎娶等多种礼仪。在婚俗中，有不少封建迷信色彩，如合婚批生辰八字、看男女属相是否相克等。新中国成立后，实行新的婚姻法，过去的许多婚姻陋俗，如指腹婚、娃娃亲、童养媳、结阴亲、纳妾、一夫娶二房甚至三妻四妾等已绝迹，随之而来的是自由恋爱、一夫一妻、喜事新办的新风尚。进入21世纪，乡邻的婚礼不断演进，发展变化，但万变不离其宗。

说媒

男子结婚称为"将媳妇"，女子结婚则称之为"嫁闺女"。结婚礼仪一般要经过说媒、相亲、订婚、送日子、娶亲、"望四日"等多道仪程。

说媒说媒，也称提亲。20世纪50年代前，婚姻大都交由父母包办，即"父母之命，媒妁之言"。媒人来往于两家之间介绍情况，美言撮合。双方认可的话，便由男方出面，正式请媒人前往女方家商定亲事，女方则就对方门第、品貌、彩礼等方面进行抉择。

媒人有专业的媒婆，也有的是由亲友、熟人担任。对旧时的媒婆，人们有褒有贬，一说是"千里姻缘一线牵，无线难以成姻缘"，一说是"馋人说媒，媒人两头瞒，不瞒难以成姻缘"。媒人成全了许多美满婚姻，也造成了许多不幸的婚姻。至今，虽然提倡自由恋爱，但媒人仍起着重要作用。

旧时说亲的基本条件，一般是门当户对，兼以属相结合。属相是在双方满意后，互换两家年庚帖子，把双方出生年、月、日、时各写在上面（字数必须是双数），请算命先生"合婚"，推算双方属相和生辰八字是"相生"还是"相克"，如不相克才可商议结亲的事。属相合不合有许多谚语，如"白马怕青牛，羊鼠一旦休""蛇虎如刀锉，猪猴不到头""金鸡怕玉犬，兔龙泪交流"等。

旧时说亲不仅要讲究品貌、年龄般配，还要讲究同姓不婚、骨血不倒流等。婚事通常在婚前一年就议定。

20世纪50年代起，青年男女大都婚姻自主，在互相了解、自由恋爱后，经介绍人象征性的"引线"，父母同意，自主订婚；但仍有靠媒人说亲的情况。

相亲

旧时，新婚夫妻在洞房揭盖头时方能见面。为了防止受媒人欺瞒，女方父母只能暗地里打听，了解男方的相貌、年龄与媒人说的是否相符，同时还要打听男方的为人与家庭境况。

后来相亲叫"相对象"，是由媒人（现叫介绍人）介绍男女双方认识，若彼此相中，即可建立恋爱关系。经过多次交往，认为条件成熟，就安排女方到男方"验家"。

"验家"往往会影响到婚姻的成败，因此男方要把家中好好装修一番，把值钱的东西亮出来，家长也要穿戴整洁。"验家"时，男方要准备酒饭和礼钱，女方若答应留下吃饭，说明"验家"成功了，亲事可以继续谈下去。20 世纪 90 年代后，"验家"一俗已淡化。

订婚

订婚俗称"定亲"或"下媒柬"。过去，订婚要换柬，由男家准备柬帖两张，一张写明男方生辰八字，封面写上"敬求金诺"等求亲字样，用红漆匣装好送往女家。女方接柬后，照样填好另一张，写上"谨遵玉言"或"愿结秦晋"等允亲字样送还男家，表示同意结亲。

订婚时男方要向女方送"定亲礼"（即彩礼），彩礼有四色礼（饽饽、点心、粉条、带鳞的鱼），外加糖和婆婆送给媳妇的缎子棉袄（俗称"婆婆袄"）。富家送金银首饰、绸缎衣料和钱财，一般人家送衣料，称"送衣裳面"。如今在一些农村，要彩礼之风仍很兴盛，彩金也由 20 世纪 70 年代的上百元上涨到 21 世纪初的上万元、十万元，乃至时下的数十万元。订婚的衣物、器具也都追求高档。

订婚这天，男方在早晨，要请自家尊长、祖辈老人吃顿便饭，然后媒人到女方家，女方要设宴。新中国成立后从计划经济时期开始，男女双方均设订婚宴，中午女方家摆宴席，男方则在当晚设宴席，宴请媒人和亲戚朋友。宴席上订婚双方当众交换媒柬。订婚当日，男女双方要改口称对方父母为爹、娘，公婆要给未婚儿媳送见面礼（钱不要多，但要双数）。订婚后，双方夫妻关系算正式确定，别人就不再来求亲了。

旧时，男方将婚礼日期写成柬帖，叫"婚书"，送往女家。婚书上除婚期外，还有新娘子下轿的方向等内容，都是请算命先生事前卜定的，婚书要在婚期前 40 天发送，女方在中午订婚宴席上要告诉亲友"望四日"的日子，亲友走时要向他们分送馒头，名为"头痛馒头"，因为吃了这馒头，结婚时要送喜礼。男方则通知亲友娶亲的时间。喜礼的习惯为女方姨、舅要提前送被、褥，男方亲友以送钱粮为主。

结婚抬嫁妆。结婚头一天午饭后，男方要组织人带上扁担、绳子，抬上食盒（食盒里放上四至八样糕点或鱼、肉，具体菜色在崂山中部、北部、东部略有不同），到女方家去抬嫁妆。嫁妆抬回后摆放好，让亲朋和街坊邻居观看。旧时有箱、橱、梳头匣、桌、凳、衣、被、脸盆等。后改为彩电、冰箱之类高档商品，现多为轿车等。

抬走嫁妆后，女方要请一个公婆、女婿、儿女双全的妇女给待嫁的女儿"开脸"，开脸是用红线把脸上的汗毛绞掉。崂山有俗语"嫚嫚儿你别急，今日开脸明日娶""嫚嫚儿你别忙，今日开脸明日将（娶）"，就是说开脸后少女即将变成少妇了。

铺炕

结婚当日由男方大伯（丈夫的大哥）将一床床被褥铺开，四周放上栗子、枣，再让一个小男孩在上面打几个滚儿，以求早生贵子。铺炕（床）还有让人观看的用意，以炫耀娶了个富有媳妇。

娶亲

20世纪50年代中期以前娶亲时，男方雇轿两乘，一乘称"官轿"，由新郎乘坐；一乘叫"花轿"，由新娘乘坐。新郎上轿前，要披戴红绸（每匹12尺，共两匹），胸前戴上大红花，礼帽上插两枝红花，之后踏红毡走上"官轿"。"花轿"里放一个梳头匣子，一切就绪，在鼓乐声中去娶亲。半路上，新郎要到"花轿"坐一坐，俗称"换轿"，意为婚后不让新娘守空房。

待新郎走后，男方要派人在大门、房门上贴喜联、喜字，并沿街张贴喜字（有墙角的地方都要贴喜字）。

此日，女方要做好"接轿""接女婿"的准备，听到村头三声号响就按事先定好的路线将花轿接到家门口，再按规定的方向落下轿。

"送客"（一般为女方的舅、哥）将新郎接到女方家，前边一人，后边一人。新郎进家后，先要拜女家祖先和父母，叫"谢亲"，然后由"送客"陪着吃饺子、鸡蛋，只能吃双数。

新娘在自己房间吃了饭后，正式梳妆打扮（梳发型、插头花、佩首饰等）。后由亲哥哥抱到正间椅子上，再由一位中年妇女（必须是家庭"全美"的人）盖上盖头，在鼓乐声中踏着红毡上花轿（男前女后）。

迎亲回途中路过村庄时要走得慢，或顶起轿子让人观看新郎、新娘，叫"压村"。迎亲队伍回到男方村头长鸣三声大号后，轿夫们有意将花轿上下颠簸，使新郎、新娘出洋相。若遇到一天两户同时结婚的场面则更热闹，吹鼓手们各显神通，欲将观众吸引来，这叫"打对篷"。过后才缓缓抬轿到男方家。

老式婚礼轿子

落轿后，新娘由公婆健在、夫妻齐全的伴娘搀着走上地毡，来到院内供桌前拜天地、拜父母，夫妻对拜后，入洞房。入了洞房，新郎、新娘二人同踏接脚石上炕后，再按此前查定的方向坐满时辰，新郎方才将新娘"盖头"挑下，二人同饮"交杯酒"、吃"宽心面"。中午，新郎家大摆宴席，宴请亲戚宾客。至此，夫妻关系就算正式确定了。

现在结婚大都安排在酒店举行婚礼，由专业婚庆公司按程序进行，并请有威望的人到场证婚，双方父亲讲话祝贺。

闹洞房

旧时，闹洞房是婚礼中必不可少的风俗，俗语说"新婚三日无大小"，所以不分大小辈分，亲友都可到新房捉弄新娘。由于乡俗认为不闹不喜，越闹越吉利，常有"取闹过头"的现象，甚至有心怀不轨者借机"揩油"，因此，闹房常会使新娘叫苦不迭。随着社会的发展和文明的进步，此风俗渐被摒弃。

梳头

旧时，婚后第二天天亮前，男方的亲大爹或二爹家（伯、叔父，也有别人请席的）要为新娘子梳头，设早宴请新娘子吃饭，也有借此替喜主请客的，以示一家人亲情和睦，乡邻中有声望。

坐三日

新娘入洞房后，要在炕上坐三天，俗称"坐三日"。三日内吃喝不下炕，大小便要在房中无人之后解决。为了减少大小便，许多新娘为坐三日，婚前一般不多吃，三日内也少吃。吃饭时用娘家带的筷子，意为嫁到婆家后由别人伺候，别人干活，自己享一辈子清福。现在一般坐一天或象征性地坐一会儿即可。

吃面汤

结婚的第三天，新郎家要请家族的女眷们到家中"吃面汤"（面汤即为面条），实际上是象征长辈晚辈之间或妯娌之间心连心，以增添结婚的喜气。

望四日

婚后第三天，新郎陪伴新娘回娘家，叫"望四日"，也叫"会亲"。旧俗的"望四日",在早饭后,新娘打扮一新,骑着驴、骡,或坐小推车、马车,带上礼品和新郎一起由本家小叔子（俗称"当兔子"）陪同回娘家。到新娘娘家后,新郎要对着正间正北磕头礼拜。中午岳父家摆设盛宴招待,并请主要亲朋到席。如今,男女双方的客人一般在娶亲当天聚在一起喝喜酒,因此"望四日"就不那么隆重了。

　　"望四日"这天,新娘必须在日落前赶回婆家,有"早回家置地产"的说法。此俗至今不变。

骑毛驴走娘家

叫七

　　"望四日"之后第七天，娘家爹要将女儿接回家，故曰"叫七"，俗称"搬闺女"。"叫七"这天，一般由女方亲家公或新娘兄长前往男方亲家。这天，男方要设宴招待亲家，以加强感情。

还八

　　从女儿回娘家第二天数到第八天，娘家须将女儿送回婆家，叫"还八"，陪同前去的为新媳妇的弟弟或叔伯家弟弟；中午，男方家设便宴招待来客。

　　现今，婚俗发生了很大变化。人们不再只选择"黄道吉日"，而是往往选农历年底或五一、国庆、元旦期间及双休日等节假日完婚。

婚宴菜肴

20 世纪 60 年代中期，花轿娶亲已经绝迹，人们改用自行车、拖拉机、摩托车迎亲。90 年代后，汽车迎亲渐兴。一些繁俗随之去除，"叫七""还八"等习俗渐渐淡化。但是在选择农历日结婚时，人们仍喜欢取双日；相亲、定亲、"抬嫁妆"、新郎"谢亲"、新娘拜公婆、喝交杯酒、吃宽心面、闹房、"望四日"等习俗沿袭至今。现在，嫁娶日将新娘接回后，多在宾馆或饭店举行婚礼，亲友送礼祝贺，贺礼除装饰品、实用品外多为"喜钱"。中午设宴招待亲朋，少则数桌，多则数十桌。席间新郎新娘向客人——敬酒，客人以吉言祝贺。

近年来，许多青年人选择旅行结婚，到一些旅游景点和大城市度蜜月。不少新婚夫妇结婚当天，着礼服、披婚纱，倘徉在沙滩上或草坪上照相、录像。尤其在春秋两季，每逢"吉日"，许多新人不约而同聚集在景点拍婚纱照，已成为一道亮丽风景线，为婚俗增添了新的特色。

以上记述为正常结婚程序，除此之外，旧时还有一些特殊婚俗。

招赘婚

招赘婚俗称"倒插门"或称"招养老女婿"，是一种男到女家从妻而居的婚姻形式。招赘婚的婚礼与一般的婚礼基本相同，所不同的是，婚礼在女方家举办。旧时，入赘者多受歧视，不仅在家庭和社会中地位比较低下，而且还要从妻改换姓氏，直到三代之后才能复姓归宗。因此，入赘者多为家中多子、无力娶媳人家的儿子，或者迫于形势不得不入赘的人。新中国成立后随着婚姻法的推行，招赘观念逐步改变，上门女婿同所有家庭成员享有同等待遇。

改嫁

改嫁指寡妇或离婚妇女再嫁。旧时妇女改嫁受歧视和阻挠，改嫁的妇女要在天未亮之前到婆家，虽有筵席但不隆重，没有"坐三日""望四日""叫七""还八"等礼俗；三天之内不能到别的新媳妇家，以免冲了喜等。20 世纪 50 年代后，改嫁已属正常的婚姻关系，并受到法律保护。

娃娃亲

指腹为婚，曰"娃娃婚"，往往是两家妇女同时或前后怀孕，孩子还没出生，便由父母做主预定下婚事，此类情况多为两家人世交或意气相投者。如果孩子出生后都是男孩，便结为干兄弟；若为女孩，结为干姊妹；如若一男一女，便是夫妻。娃娃亲和指腹为婚，一经确定，不能悔婚，故历史上造成许多悲剧。新中国成立后，此俗已绝迹。

童养媳

童养媳实际是一种买卖婚姻。旧时贫家幼女，父母无力抚养，常以有限的钱粮为代价，将其送往婆家，待长大后圆房成婚。童养媳在家中地位低下，家务活繁重，结婚也是草草成婚。此俗早已绝迹。

换亲

换亲是将两家的子女互换给对方做儿媳或女婿。换亲多由父母做主，两家子女很难个个满意，因此，往往造成家庭不幸和婚姻悲剧。20世纪50年代后，此俗已绝迹。

阴婚

阴婚俗称"结鬼亲"，是一种为死人缔结婚姻的婚嫁形式。旧时，未结婚的男青年夭折，不能过继儿子，没人奉祀灵位，就要请"鬼媒人"，为夭折的青年寻找一位新近亡故的未婚女子结为鬼亲。婚礼的方式是男方用轿和棺去女方家迁女尸，抬牌位，由男方家晚辈儿童抢牌位举行婚礼，将女棺葬于男墓内。婚礼多在墓地举行。此习俗早已绝迹。

结婚禁忌

婚礼忌甲子年，民间认为甲子年是寡妇年，在甲子年结婚要死丈夫的；忌"一年两个立春日"，有俗语云："一年两个春，死了丈夫断了根"；忌属相相克，如龙虎相斗、鸡狗不合、羊与羊抵角等，双方属相最好是相生的，相克则不能缔结良缘。

结婚时，新娘迎进门，怀孕和服孝的妇女不能参与迎接；怀孕妇女坐新婚夫妇的床（炕）不吉利，双身"不能压炕"，"白虎"（戴孝者）不能拦门；新娘花轿不能碰"青龙"（石头类磨、碾等），如碰着则用红布盖上；迎亲不能碰上出殡上坟；男女双方喜家不吃喜亲的饺子；产妇不能看新媳妇。人们送礼忌送梨、钟等物，因为梨音同"离"不吉利，送钟音同"送终"；结婚时间忌单喜双，结婚用品忌白喜红。婚礼上不能说不吉利的话，如"散伙""好不到头""断子绝孙"等。

旧时婚丧嫁娶的繁杂礼俗，有的具有鲜明的民族特色和地域文化，增加了喜庆气氛；有的则掺杂了很多封建迷信色彩，加重了人们的生活负担。民间有俗语说："穷人结不起婚，死不起人。"

新中国成立后，国家倡导婚姻自由，并颁布了《中华人民共和国婚姻法》，青年男女大都自由恋爱，结婚自主。随着社会的进步和经济的发展，婚姻习俗沿用了一部分约定俗成的程序、形式和做法，也注入了若干新的时代气息，传统封建礼俗得到改革。

婚龄

新中国成立前，结婚的男女双方年龄一般在十七八岁，且女方往往长于男方，认为女大懂事早，有"女大一，黄金积；女大三，抱金砖；女大四，有出息；女大五，家有福"的说法。20世纪50年代，国家《婚姻法》规定，男20周岁、女18岁周为法定结婚年龄。20世纪70年代实行计划生育，新婚姻法规定，男22周岁、女20周岁为法定结婚年龄，并提倡晚婚晚育，一对夫妻只生一个孩子。一般青年男女多在25周岁左右结婚，有些大龄青年结婚年龄推迟到30岁左右。

通婚地域、择偶条件

新中国成立前多限于在村与村之间的本地域内结亲，本村同姓同族内不准结婚。新中国成立后，有些同村、同姓男女青年在劳动和日常生活中建立了感情，确立恋爱关系而成婚。20世纪50到60年代，女青年择偶以军人为优先，80年代则喜欢与军人、工人、干部结亲。80年代之后，通婚地域扩大，一般择偶以家庭经济条件、住房、人品、身高、相貌及健康状况、文化程度等为主要标准，有的则与本地务工、经商的外地人员结亲。到20世纪末出现了涉外婚姻。崂山地区因经济条件好，社区居民生活富裕，崂山人深受外地女青年青睐。

20世纪50年代，男女青年多由介绍人牵线，确定相亲对象，到介绍人家中见面。60年代后，相互喜欢的男女青年往往外出"约会"，公园、集镇、电影院或朋友家中都可作约会地点。改革开放后，特别是进入90年代，卡拉OK、歌舞厅、夜总会、咖啡厅等也成为男女青年的约会地点，有些还参加了社会团体组织的"相亲会""搭桥会"，相亲、约会出现多样性。

20世纪50年代后，"定亲"主要是下彩礼。随着生活水平的不断提高，彩礼中的礼品日趋高档，礼金日益丰厚。20世纪60至70年代，彩礼一般是送几套衣物。70至80年代中期，以男方赠送女方手表、自行车、缝纫机等"三大件"为主，并有衣物、首饰等礼物，礼金在80~400元不等。80年代中期后，结婚"三大件"提升为电视机、冰箱、洗衣机等，到90年代又添加了摩托车，礼金多在1000~4000元之间。20世纪90年代以后，"三大件"普及，随送的其他彩礼以金银首饰为主，礼金多在2000~6000元之间；20世纪末，礼金则达到万元左右。进入21世纪，彩礼除金银首饰之外，还有手机、轿车等物件，礼金也从数万元一路飙升到数十万元。与此同时，女方的陪嫁物品也日渐丰厚，家用电器成为女方的主要陪嫁物品，富裕户则陪嫁轿车等。

现代婚庆 20世纪50年代中期前，婆亲以花轿为主，也有个别骑马、骑驴迎亲的情况。20世纪50年代中期后，花轿婆亲被自行车所代替。20世纪80年代以前，在结婚的日期选择上，多以秋冬季的农历双月双日为主。20世纪90年代至世纪末，结婚日期多选择五一、国庆、元旦或双休日等节假日期间；婆亲时以轿车为主，轿车数量从2辆增加到6~8辆，甚至更多。新娘及伴娘多穿婚纱、礼服，新郎及伴郎一般着西装、打领带。男方家要操办、筹备录像和摄影等事宜。婚礼时，一般有舞狮、乐队助兴，仪式隆重而热闹。进入21世纪，越来越多的婚庆公司出现，专为新人操办婚礼。婚宴一般设在宾馆、饭店，少则数桌，多则数十桌。参加婚礼的亲友、宾朋，在婚礼前或参加婚礼时送上"看喜"钱，少则数百，多则数千元不等。婚礼仪式一般请专业婚庆主持人主持。仪式中证婚人、双方父母代表、双方单位领导代表等致辞，宴席间时有歌舞节目相伴。新郎、新娘要向客人敬酒，客人则以"白头偕老""早生贵子"等吉言祝贺。20世纪90年代以来，有的新人选择旅行结婚的方式欢度蜜月。多数新婚夫妇将婚礼影像制作成相册、光碟，婚后请亲友一起欣赏，永作纪念。

第三章　生礼民俗

人类自身生产是原有人口生命的生产和新一代生命的生产的统一，是构成社会生产两个方面的内容之一，另一个方面则是物质资料的生产。原有人口生命的生产，是指原有人口把自己劳动获得的生活资料通过消费转化为自己的体力、智力的过程，它包含原有人口生命的延续、体力的增强、智力的发展等。新一代人口生命的生产，是指现有人口通过生育、抚养等方式，使新一代人口诞生和成长。

得喜

生儿育女是家中一喜，故称怀孕为"得喜"，又称"有喜了""有身子了"等。得喜之后，一般家庭都强调孕妇的保养，想吃的尽量让其吃到。

得喜期间，民间还有根据孕妇的行为来预测胎儿的性别和贵贱的习俗。孕妇喜欢吃酸，预兆生男孩；喜欢吃辣，预兆生女孩，谓之"酸儿辣女"。习俗中认为，孕妇过门槛时，经常先迈左腿者生男孩，先迈右腿者生女孩，谓之"男左女右"；胎动强烈而又频繁者生男孩，否则生女孩。人们往往根据这些预兆来做产前准备，缝制小儿衣帽，制作"添喜"的标志等。

添喜

婴儿降生，俗称"添喜"。根据婴儿性别，又有"大喜"和"小喜"之分，生男谓之"大喜"，生女谓之"小喜"。现在，生男生女都一样了。

旧时，农村孕妇添喜，多在自己家中请产婆接生。产婆俗称"接生婆""接生员"，多是以助产为职业的老妇，有的产婆类似巫婆，遇到难产时，往往念咒作法、求神拜佛。产妇分娩时，产房内不能有闲杂人等，男性、儿童、寡妇和没出嫁的姑娘是绝对不许在现场的。降生的婴儿，一般要用剪刀剪断其脐带，胎盘找个僻静的地方埋掉，不能让狗吃掉。

20世纪60至70年代，农村仍有在家请接生员接生的。至80年代中期，农村取消接生员，妇女生产由各镇的卫生院统一负责，或者直接到大医院生产。现在人们为了母婴的安全，往往选择到市级大医院生产。

过去，妇女生产后，女婿用红包袱包上双数的红皮鸡蛋到岳父家中报喜，至今无甚区别。一般情况下，岳父家知道女儿大概的临产期，因此早就有所准备。在得到生产的消息后，岳父家要烙12个8~12斤的饼，煮几百个红皮鸡蛋和10斤红糖，让女婿带回家给闺女"坐月子"吃。此后，喜主还要向其他亲朋和邻居送饼一块、鸡蛋4~8个，实为报喜。现在，喜主在送饼时，一般随送"两把"鸡蛋。

送汤米

旧时，亲朋好友接到喜讯后，随即为喜主"送汤米"。"汤米"包括红布、衣裳、尿布、被子、鸡蛋、点心等，此俗至今沿袭，而且送的东西更加丰富，如婴儿床、衣服、营养品、鸽子、甲鱼等。

过三日

孩子生下后第三天，家中要设宴请人吃面条，叫"过三日"。还要特别请接生婆为新生婴儿洗身，穿上新衣袜，让赴席亲友观看。"三日"这天还要为孩子"铰头"，只用剪刀在孩子额前象征性地剪几下头发即可。铰头时让孩子手拿一根葱，或绑上一个铜钱的桃树枝，另外还要给孩子做一个"面圈"。时至今日，不少产妇在医院接生要住一周左右，所以又有"过五日""过七日"之风。

给孩子命名也是"过三日"的一项重要内容。乳名多是由祖父或祖母提前起好，这天向亲友宣布。

给孩子起名时，无论是乳名还是学名，一是要注意避讳，如在选择排辈用的字时，长辈名字已用了的字，晚辈起名时就要避开，不再用这个字排辈；二是不论乳名还是学名，所用的字都不要和家人及亲戚姓名所用字相同，讲究之家，甚至连谐音也要避开。给儿女起名字各有特色，有的表达了人们的愿望，如过去给男孩用贵、福、财、龙等吉祥字；怕孩子夭折，乳名叫"狗剩"，意为狗都不稀罕吃了，便可顺利长大成人；连生几个女孩，希望有个男孩，起名"招弟""盼弟"等。有的则明显带时代特色，如建国、援朝、建设、文革、红卫、和平、卫东等。有的用出生地点如坡、湾、林等。女孩有的用花卉命名如秋菊、桂花、冬梅等，有的用芙、英、草、花、香、红、娟等字。

现在人们对起名更加重视，有的到起名公司找专人起名；有的为方便办理身份证只起一个学名。

请满月

孩子出生 30 天为满月，产妇的娘家要接母子回去住几天，叫"请满月"，也称"搬满月"。过去，出于对产妇和婴儿的保护，新生婴儿不足月，一般不出门。现在，产妇生产后，在月内，娘家一般要搬取产妇和新生婴儿回娘家住十天半月。

旧时搬满月，一般是婴儿的姥姥去接，亲家要设宴接待、送行。母婴往回走时，姥姥家也要做一"面圈"带回。随着生活水平的日渐提高，为庆祝新生婴儿满月，公婆家要摆"满月酒"，宴请亲朋及产妇娘家人。

过百岁

新生的婴儿出生 100 天时（实为第 99 天），亲朋好友要带上肉、鱼、点心、馒头、花布或衣、帽、鞋、袜，来给婴儿"过百岁"。宴席上要展示身穿新衣、佩戴长命锁和手镯脚镯的婴儿，让客人夸奖一番。"过百岁"时，要让婴儿站墙旮旯（墙角），看看婴儿长得是否"硬实"。还要考验孩子有何出息，在婴儿面前摆一堆玩具、器物，如果孩子拿书，说明长大是秀才、状元料；如果喜欢钱，预示长大做买卖，家境殷实；如果哭着要下地，说明将来下庄稼地。虽无任何道理，可至今还有人这样做。宴席上人们要吃面条，祝福孩子长命福寿。

长命锁用银打造，上有"长命富贵""长命百岁"等吉祥语。

现在人们常为孩子留下"百岁照"，大都用相机拍摄下喜庆全过程，以永久保存。

过生日

新生婴幼儿前三个生日，一般在姥姥家过。传说姥姥家是孩子的根，连过三个生日后，孩子的根扎得深了，身子长壮了，便会长命百岁，此俗延续至今。现在，过生日常是孩子双方的亲人们聚到酒店一起祝贺，场面更加热闹，所以人们不但要给孩子照生日相片，有的还将喜庆宴席拍摄下来，与过百岁照片一起形成系统资料。

认干爹

为了使新生孩子好养，好多人家都为孩子找个"干爹"，意为压着好养，又称"认干亲"。且干爹以"王""刘"等姓为佳，取谐音"旺""留"之意。

崂山地区一般是两家提前商量同意后，在孩子两三岁或更年长一些的生日这天，由孩子亲爹带着饽饽、点心等礼品和写好的帖子，领着孩子到干爹家认亲。孩子叫了爹、娘后，对着正北给干爹、干娘行大礼。干爹便将"锁子"挂在孩子胸前，双方大人交换帖子后入席喝认亲酒。

认干爹之后，要在干爹家连过三个生日，之后，每年正月初三要去拜年。干爹、干妈要参加干儿子的婚礼，干爹干妈病故时，干儿子也要为其送葬、尽孝、上坟。

随着社会的发展，认干爹的人渐少。有人说"干亲一年，比蜜还甜；干亲三年，比水还淡"，又说"干亲用水淋，不淋断了根"，即说干亲关系不牢固。

禁忌

　　妇女怀孕后不能吃驴肉、狗肉、兔子肉。旧时习俗中认为，吃了驴肉生下的孩子有驴性，吃了狗肉爱咬妈妈的乳头，吃了兔子肉，生下的孩子长"三瓣嘴"（唇腭裂）。孕妇不能参加别人的婚礼，谓新娘见到双身人一辈子生活不顺利；也不能参加葬礼，因葬事是凶事，"凶冲喜"，对腹中胎儿不利；孕妇不能在娘家分娩，如实在躲不过则到场院屋或闲房生；婴儿不能在炕上降生，要在地上铺上谷草，生在草上，叫"落草"，曰生在炕上会冲了"炕神"；产妇生产后3日内不能随便外出走动。现在，有些禁忌（如不在床或炕上生产）早已革除，但有些习俗禁忌，人们还在自觉或不自觉地遵守着。

第四章　寿礼民俗

寿诞

寿诞俗称"过生日"。旧时，50岁以前叫"过生日"，人到50岁以上过生日叫"寿日"。60岁以上过生日叫"大寿"，80岁以上过生日叫"高寿"。过生日一般以农历日为准。为年青人过生日，就是合家吃生日面条而已。

上寿

上寿有许多讲究，如今仍受人重视。如活到100岁，只能说"祝老人家99岁大寿"，因为"百年"是人寿的极限。"百年后"，意味着人已死去。还有的老人在73或84岁庆寿时，愿少说或多说一岁，因为民间有"七十三、八十四，阎王不叫自己去"的说法。这实际上与孔孟二圣有关，据说，孔子活到73岁，孟子活到84岁，人们认为这两个关口连圣人都无法躲过，何况平民百姓。

旧时人们上寿除已嫁的闺女给老人买新衣（或衣料）外，主要是全家聚集在一起以聚餐的方式庆贺。

寿面

寿宴（60岁以上老人的生日宴）上要吃寿桃、寿面，喝庆寿酒，菜要双数，话要吉利。此俗保留至今，一般人家还是这样过，也有的人家在饭店、酒楼设宴，一家团聚，举杯共祝。席间晚辈献歌祝寿，宴后拍"全家福"照片，还有的将祝寿的整个过程摄像，以作纪念。

生日必吃面条是通行的风俗，生日当天吃的面条俗称"寿面""长寿面"。面条拉得长、扯不断且形状瘦长，谐音"寿长"，象征着福寿绵长、健康长命。

寿桃

寿桃是必不可少的寿诞贺礼，如无鲜桃，可用面粉做成桃形馒头代替。以桃为象征长寿之物的说法很早就有，汉代东方朔的《神异经》已有食桃树果实可令人益寿之说，《汉武帝内传》中也记载西王母曾送给汉武帝3000年一结果的鲜桃，而西王母摘寿桃设蟠桃会招待群仙的传说更是广泛流传于民间，所以民间将桃视为可以增寿的仙品。寿诞之时，晚辈要向老人奉献寿桃，以祝福老人长寿。由于鲜桃并非一年四季均可获得，人们便发明了面粉制作的寿桃，即把面捏成桃子形状，包入豆沙、枣泥等馅，或将揉好的面放入桃型磕子（一种木质模具）压成型，顶部点染红色，蒸熟即可。面制寿桃形象逼真、色彩鲜艳，用作贺礼颇增喜庆气氛。现在做寿桃的风俗已淡化。

寿酒

"酒"与"久"谐音，送寿酒含有祝人长寿之意。寿酒既可

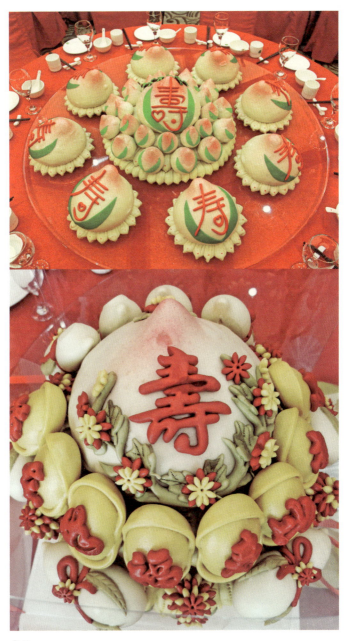

寿桃

指为祝寿所送之礼酒，又是寿筵中饮用酒的统称。庆寿时必将寿酒先敬与寿翁或寿妪，然后宾客共饮。

寿糕

传统生日贺礼之一的寿糕是一种点心，也称"长寿糕"。"寿糕"与"寿高"同音，寓意长寿，其味道松软香甜，适宜食用，故而成为深受喜爱的寿诞食品。

生日蛋糕

近20年来，吃生日蛋糕庆贺生日成为崂山地区普遍流行的风俗。伴随吃生日蛋糕，相应产生了唱生日歌、许愿、吹蜡烛等一系列风俗。

寿桃与生日蛋糕

第五章　丧礼风俗

婚丧嫁娶民俗是指人的一生从诞生到死亡各个阶段的礼节和仪式，包括生育民俗、婚嫁民俗、寿礼民俗和丧礼民俗，是最复杂和繁琐的民俗事项。丧事是人生的终结，丧礼是人生的最后一次礼仪。民间对丧礼看得很重，往往不惜花费大量财力、物力来安慰亡灵。

丧葬

旧时，忌讳"死"。老人去世，须讳称"老了""没了"。葬礼也称丧礼，是将死者殓、殡、奠、葬的礼节。20世纪70年代末之前，崂山地区一直实行土葬。人去世后，要经过送终（更衣、设祭桌、挂白幡）、报庙、送盘缠、盛殓、吊唁、出殡圆坟、"烧七""过五七""过七七"（也称"七七变"）、"过百日""过周年"等多道程序，仪式繁杂而隆重。20世纪60年代后仪式逐渐简化，部分仪式被废除。

做寿衣

人死后需换穿的衣裳，俗称"老衣"或"送老衣裳"，在老人生前就已做好，美其名曰"寿衣"，寓意健康长寿。寿衣包括衣裤、鞋袜、帽子，鞋、帽也称"寿鞋""寿帽"。旧时，一般过了 50 或 60 寿辰，就开始准备布料，但须年过 70 才可缝制，凡是 70 岁以前亡故的，寿衣均为临时赶制。做好的寿衣放在衣柜里，留待死后穿用。现在一般是寿终前或寿终时赶做或购置。

寿衣的衣料、数量、样式不尽相同。旧时只有个别贫寒之家在人死后临时措置寿衣，草草了事，仅求蔽体而已，多数人家都是提前备办；普通人家用一般的布帛，有钱有势者多做锦衣绸服。传统习俗，无论死者亡故于什么季节，寿衣都要以棉衣为主，表示"以棉（眠）为安"；兼用棉、绢的，取"绵绵"和"眷眷"之意。衣料忌用皮制品、毛织品，否则死者在阴间会被误认为兽类，下辈子不能托生为人；也忌用缎子，因谐音"断子"，会断子绝孙，触犯家庭大忌。

寿衣布料的颜色，男性寿衣里子多是天蓝色，因为天空为蓝色，希望死后能着蓝色衣服"升天堂成仙"；面子多为杏黄色，所以过去老人都特别忌讳家中有人穿杏黄色的衣服。女性寿衣则以青蓝、古铜、豆绿等颜色为主。寿衣忌用黑色，因为黑色代表地狱。

寿衣的套数也有讲究，一般只做单数，忌讳双数。衣裤至少要有三套，即内衣、中衣、外服，多者可达五套、七套。多数为"五领三腰"，即上衣五件、下衣裤（女或有裙）三件，富裕之家多求寿衣华美，家贫者以假领、假腰代之，配足其数。全部衣着用新布制作。少数家贫者或用死者生前的旧衣。

寿衣的式样男女有别。男性寿衣上身为棉袄外衣、夹袄内衣，经济宽裕的可做棉袍、外套马褂；下身为棉裤，另有内裤、衬裤；帽子为棉帽，多数是西瓜皮形的六页瓦单帽，顶部用线缩口；脚穿白棉袜、浅口鞋，系蓝色鞋带，鞋底绣有云彩，叫"登彩云"，表示乘云上天。女性寿衣，除了棉袄带大襟外，其余与男性的相同。

缝制寿衣有讲究。缝制寿衣多选取黄道吉日，民间认为寿衣的制作和使用相互对应，所以多选在闰年或闰月缝制，因为闰月四年轮一次，而且很难轮上闰相同的月，这样寿衣就不会很快被使用，暗示寿衣的使用者会健康长寿。儿女做寿衣时，不能啼哭流泪，如果泪水滴到寿衣上，死者穿后会经常想念儿女，无法安宁。缝制寿衣时的针线，末端不能系疙瘩，以免死后在阴间结疙瘩。寿衣无论内衣外衣，一般不使用纽扣，只用带子绑系。因纽扣又称纽子、扣子，音同"扭子""克子"，怕对儿女不利；"带子"谐音取意带来儿子，大吉大利。寿衣的口袋都要缝死，以防钱财和福气被死者带走。

做寿材

寿材，指在使用者逝世之前就打制好的棺材，也称"寿棺""寿器""喜棺"。普通人家待长辈一到寿龄，便为其打制寿材，以备死后使用。唐宋之后制作寿材在民间极为普遍，只要家中有老人，几乎没有不预做的。20 世纪 50 年代前，无论日子多么艰难，只要未沦为乞丐，人们总要早早积攒下足够的钱为自己准备寿材。民间有的把棺材视为吉祥物，把寿棺看作"长寿棺"，认为给老人预做寿材可使之健康长寿、长命百岁。这种说法是有一定道理的，老人没有了后顾之忧，精神愉快，身体自然也就健康。还有的认为"一咒十年旺"，老人重病久治不愈时，有"做喜棺冲一冲病就会好"的说法。提前备好棺材对儿女来说也有好处，一旦老人去世，应付繁琐的丧葬仪式十分辛苦，棺材提前做好就可少些麻烦，省心省力。无儿送终之人，更是早早为自己做好棺材。

寿材木料的质量，依家庭贫富情况而定。富者全棺均用上等木料做成，一般人家多用杂木，贫苦人家只能用柳木薄材。寿材木料以柏木、桐木最佳，结实耐沤，经久不烂，可长久保护尸体。楸、樟、椿、红松、黄花松次之，杨木、柳木最次，不到十年就会沤烂。

寿材忌用槐木、榆木。

寿材的样式，基本上是长方体，2 米多长，两头大小不等，前宽后窄、前高后低，大头宽 1.6 米左右，小头宽 1.2 米左右、高约 1 米，有圆头和方头两种。棺木的规格，按木板的厚薄又有不同。

做寿材也多选取黄道吉日。最后一道工序叫"上底"，即棺材插起四帮后，需将棺材底口朝上，把棺底用钉钉牢，然后再翻过来，叫"翻棺"。翻棺时，主家必要犒赏工匠。棺木的油漆也相当讲究，多是漆黑色或枣红色，有的在漆里调入粗细瓷粉，连漆数遍，乌黑锃亮。打制好的寿材存放于厢房，往往于棺材前头挂一红布条，以示为"喜棺"，以后每年用桐油刷一遍，有的老人每年亲自为自己的棺木上漆。老人不仅自己欣赏寿材，还经常展示给来访的至亲好友、街坊邻居，表面是让其评定寿材的优劣，实际是借此炫耀子孙的孝顺、生活的美满。放置的寿材，最忌敲打棺盖，民间认为敲棺盖会惊动判官小鬼来此摄走老人的灵魂，老人就会死去。所以不想活下去的老人往往自己去敲打棺材盖，儿孙则竭力保护不让敲打。

修寿坟

寿坟，也称"喜墓"，指在人亡故前修建的墓穴。修建寿坟的目的，一方面是以此表示对寿坟主人健康长寿的祝福，另一方面崂山民间讲究安身立命之所，生前要盖几间房屋，修一座院落，死后要装一口棺材，置一片坟地，如能生前就看到自己死后的安身之地，就心满意足了。修建寿坟花费较大，民间家底殷实者多是于60 岁左右时营造，某些没有子嗣的人则在自己 40 岁或 50 岁就做准备。

修造寿坟，最重要的是挑选墓地。坟墓被视为死者居住的房屋，也称"阴宅"。迷信地认为墓地风水的好坏直接决定着家运及子孙后代的命运，所以富家必请阴阳先生勘选一块风水宝地作为葬身之地，而且还要苦心经营墓地和墓室。墓穴一般为帮砌和窑碹两种形式。帮砌墓穴最为普遍，人称"金井子"，呈长方形，全部用砖砌成，入葬后用砖发券掩埋；窑碹有大小两头，较为少见。墓穴长宽都要大于棺材两三尺，留出放棺的空间。寿坟的规格，有"三个三"的，即大头宽2尺3寸（此尺为木凿尺，1尺相当于54厘米）、深2尺3寸、总长5尺3寸；有"三个五"的，即大头宽2尺5寸、深2尺5寸、总长5尺5寸。墓穴均用砖、石垒砌成拱形，底部平铺一层石灰，一头留门以备日后进棺。寿坟修好后，里面放入石头，石头上写"石烂人来"，坟丘的土埋成平顶，表示这是寿坟。还有的在墓穴底部放置一盆清水，水里放两条活鲤鱼，然后用花砖砌好，以此来看后代子孙的鱼龙变化。

坟墓的建筑用料大体有两种，一种是发券式砖坟，即用砖砌槽，坟顶用砖砌发券，是最为普遍的样式；一种称坡石坟，又叫石匣坟，全部用石头砌成，下棺后用石板盖住，这种坟墓样式在山区较为普遍。

送终

人在弥留之际，家人在侧，在外地的子女要紧急赶回，临终见上一面，俗谓"临终在场方算真子女"。死者终时，要揩身、整容、易服，主要是擦洗脸面、手脚，修剪指甲，梳头等。此时如果死者所有子女都在场，称为"儿女双全""有福气"，但子女不可哭泣，只能"叫魂"（呼唤死者称谓）。人去世后，家人差人至亲戚家报丧。

扯桥

人在咽气后，要在房屋正间（中堂）架起东西向的临时灵床，从死者炕边扯起整匹白布（布的长短按子女的多少而定，但不得少于24尺），一直扯到灵床上，即"扯桥"（为死者搭起通向阴间的桥），然后将死者头朝东抬起，擦着布桥放到灵床上（红布枕头内放五种粮食和麸粃），用黄表纸盖住死者脸，并严禁狗、猫从灵前走过。

灵堂基本摆设：灵床一般用一扇大门板，置于正间正中，灵床前安置一矮桌，上放死者牌位（高约25厘米、宽约7厘米，由白纸折叠而成），矮桌前摆放三盘三碟（"三盘"分别为整条生鱼、三寸见方生肉、整个去毛的鸡或一个煎蛋；"三碟"分别为小米、点心、糖果）。同时，灵床前还设有香炉火、烧纸、酒、茶水、侍盆（一般为陶盆，将烧过的纸灰在出殡前放入其中，放到棺内）等。祭桌设置好后，死者子孙日夜守灵（从死者去世当天到出殡），每点燃一炷香，都要进行烧纸、奠酒、叩头等仪式，直至出殡。在设祭桌的同时要挂白幡。白幡要用整张大纸做成，一张纸裁6份，一份代表一岁（每份再裁3节），按死者年龄裁剪，如死者年龄为单数，就把其中一张大纸裁成5或7份，裁好后，一张一张贴在一起，用麻绳扎紧一头挂在长竿上，在下面挂上秤砣和红布袋（布袋内装麦子、芝麻、高粱、玉米、豆子等）。做好的白幡竖立在自家院子内，以示家中有丧事。挂幡时，在两扇大门上各贴一张一尺见方的白纸或黄表纸。进入21世纪后，尸体一般由灵车直接送往火葬场，家中设灵堂。

报庙又称"报倒头庙"。人死之后，从当天到第3天，每天三次去土地庙"报到"的仪式。旧时，山东头、麦岛一带在人去世后的第一天，首先要去黄草庵报庙，此后每天到本村土地庙报庙。

报庙前，将"扯桥"的布剪成12尺（4米）一块或6尺（2米）

不等的数块,不够可另买。女的将白布缝成拱形,顶在头上,俗称"顶箍箍",余下部分束在腰间;男的身穿白色衣鞋,头戴白帽,将布束在腰间,俗称"束大包";孙子要戴白帽,其他亲友们则身穿白衣,鞋挂白布。

报庙时,由长辈捧着放有死者牌位、纸、香、茶壶的小木盘走在前面,家人则按男性在前(长子在最前)、女性在后的顺序跟在后面,亲生儿子手持擀面杖(只用于报倒头庙,此后报庙拄柳木棍),边走边哭边喊死者的称呼,俗称"叫路"。此时,还要由一人用丧主家的木桶和扁担顺路从井中打上清水,桶里放上米、面,提前来到土地庙前,等报庙的人全部跪下后,将水全部倒在庙前,然后再挑一担清水倒入丧主的缸中,俗称"挑浆水"。丧主家出殡前吃水一直由专人挑,以表尽孝。

报庙时,长辈在庙前烧香、烧纸、烧倒头褡子、祭酒后,领长子念"叫路词":"爹(娘)某年某月某日,倒头望故乡,上四方,过金桥,走明路,吉处使钱,甜处安心。"长子念一句,用面杖捣一下地,念完后,亲友一齐叩头作揖。毕后,再从原路返回,将牌位放回原处。

送盘缠

送盘缠是指给去世者送"阴间钱财",一般是在死者去世后第二天晚上报完庙之后进行。送盘缠时要准备包袱、褡子、纸轿、纸马、纸牛(一般为男马女牛)、马童、纸制童男童女(死者为女性时,一般由娘家准备)。纸制童男童女买回来要由专人在其各部位开光,边念开光词边用针刺其部位。开光词(前面讲到的丧礼程序,很多都有特定的语咒,现仅择其一,以示其程序浩繁)如下。

开眼光，开眼光，开开眼光看四方；

开口光，开口光，开开口光吃四方；

开耳光，开耳光，开开耳光听四方；

开鼻光，开鼻光，开开鼻光闻四方；

开手光，开手光，开开手光拿四方；

开心光，开心光，开开心光想四方；

开脑光，开脑光，开开脑光记四方；

开腚光，开腚光，开开腚光屙四方；

开脐光，开脐光，开开脐光尿四方。

开光后，再为纸制童男童女起名，一般为"金童""玉女"，将写有名字的纸条贴其背上后，放至棺材东西两头，作为阴间的佣人。还要写好马童词和马童褡子，将词贴在马童胸前，褡子放在马童肩上。送盘缠前，仍由长辈端着放有灵位、香、纸、供品的木盘走在前面（挑浆水者前），在土地庙前将纸马四周画上一个圆圈，将马、马童、牌位一起烧掉，焚烧前，要将连接马（牛）腿的绊索剪断，否则纸马不能行走。此时，子女则喊着"爹（或娘、哥、嫂）上您的马啊"，12岁以下的男性子孙则将细箩扣在眼睛上，向西南方向隔火张望，传说能看见死者灵魂骑马急奔而去。送完盘缠回家后，重新写一牌位供奉，牌位内容由原来的"故×××之位"改写为"故×××之灵位"。

盛殓

将死者入棺，谓之"盛殓"。盛殓时间不定（一般在死后第3天），按照季节天气状况及逝者年龄大小，搁置时间在3~5天不等，但必须在天黑之前完成。盛殓时，一边将死者放入棺材，一边叫着

"爹（娘），上恁的炕啊"。入棺后，为死者盖上被子，放生前喜爱的衣物等，如果死者是女的，一定要有娘家人在场，特别是得不到舅的首肯是不能入殓的。现在实行火化，盛殓一俗已绝，有些地方只象征性做一下。

吊孝

吊孝即吊唁，是对死者悼念的一种形式，也是普遍流行的重要丧俗之一。吊孝之前要向死者的亲友发出治丧通知，谓之"报丧"，有的以讣告、讣闻等书面形式派人送出去报丧。现有电话报丧或专人口头报丧之俗。

吊孝一般从盛殓之后开始，亲族邻里往往结伴前来，平辈鞠躬，晚辈跪拜，尔后痛哭一场，死者亲属在一旁陪哭，最后跪拜亲友，谓之"谢孝"。从死者去世到出殡的这段时间里，子女等亲属要日夜守候在灵前，谓之"守灵"，一是可随时迎接、陪伴前来吊孝的人，二是表示尽了孝道。因为村里人往往以子女哭声大小评论是否孝顺。

出殡

旧时，为死者出殡的日子多为死后的第 3 天（"三日殡"），有的为 5 天（"五日殡"）、7 天（"七日殡"）不等。家境贫困的人家，一般采用"三日殡"（夜里 12 点以前咽的气，也算一天）；家境富裕的人家，亲友多，事务杂，则采用"五日殡"或"七日殡"（冬天，尸体不易腐败可采用"七日殡"）。出殡的程序大致为开奠、校旌、牵棺出门、下葬等部分，下面逐一介绍。

开夼

开夼是指死者生前未做寿坟者，由死者的长子带领工匠到指定的老茔，选择地点，开掘土坑，为死者做坟。开夼时，死者的长子要在日出之前，身穿孝服，手捧木盘，盘中放上死者的牌位、香、纸、茶壶，来到坟地上，放下牌位，烧香、烧纸钱、奠酒、叩头、作揖。然后手握铁镢，在选中的坟地上，一边刨着土，一边口中念着"开夼词"："一镢金，一镢银，三镢刨开俺爹（娘）的'门'。"只能刨三镢，不能多刨，也不能少刨（少刨了不够数，多刨了象征家中要接着死人）。刨完三镢后，将镢转交给开夼做坟的工匠，由他们根据指定尺寸、方向将土坑在日出前掘好，并在午饭之前将坟做完，由丧主家派亲属中的老年人守候在坟边，直到死者出殡入土（提前做好寿坟的老人，也要在日出前将坟上的土石掘开，打扫净坟内的土或水，派人看坟）。

在做完开夼的程序后，长子便手端盘子上的牌位，带领陪同的亲友回家，仍然把死者的牌位放回供桌上摆好，并烧香和纸祭拜。

砌坟的料以砖、石为主。有钱的人家以整齐的石料为主，钱少的人家则以砖为主，没钱的人家大多以乱石砌成。砌坟时，坟的四角，每角坟基下要放上一枚铜钱垫基，以示房基（坟是死者在另一个世界里住的房屋）安在钱堆上，有用不尽的钱财，享不尽的富贵荣华。

丧差

丧差，是旧时专门做丧葬生意的"专业户"。他们不但有完备的出殡用的"花罩"，抬棺木用的"罩衣"，专门抬棺的壮年小伙，而且还有出殡奏哀乐的乐班子和指挥出殡礼仪的司仪，出殡时的一切仪式由司仪统一指挥。

校旌

"旌"是扯6尺（2米）或8尺（约2.7米）红布（按棺材的长短而定），用金粉加白酒调和成墨汁状的金汤，以毛笔（或扁头笔）扁体字竖写的标有死者姓名、职务（或身份）、年龄的灵旗，是死者进入另一个世界时的"户口簿"或"身份证"，无论死者的家庭贫富，都要在死者出殡之前找人写好。出殡时，将旌竖挂在"旌罩楼"正中，这是一种类似二人抬的带顶棚、围有围布的滑杆，由前后两名男性青年抬着把手，走在灵柩的前头，为死者开路，一直抬到死者的坟边。当死者的棺材下葬到坟穴后，又由专人将旌从旌罩楼上取下，平铺在坟穴中死者的棺材上，随棺埋入坟中。

牵棺出门

早晌饭过后，参加出殡的亲友全部集中到死者的灵柩前，向死者的遗体告别。向遗体告别时，女性亲友要一边看着死者的遗容，一边哭喊；男性亲友要一边看着死者的遗容，一边磕头、作揖。然后，由负责殡葬的主持人指挥着盖好棺盖，四边用长长的棺钉将棺材钉死，然后由8个壮实有力的小伙，在棺材底部穿过粗长的绳索，从棺材两侧肩扛手拽着绳索，头在前，脚在后，将棺材抬起。死者的长子手拄哭丧的柳棒，头顶"侍盆"（旁有专人双手端着靠在长子头顶上），一边号啕大哭着，一边带领男性亲友走在灵柩前带路走出家门；女性亲友在死者女儿、媳妇带领下跟在死者灵柩后，一边哭，一边跟出家门。当死者的棺材抬到大街安放在早已准备好的棺梯上，用绳索固定住扣上棺罩（用五色彩绸扎好的花罩）后，在死者儿女或亲友的哭嚎声中，乐队高奏哀乐。随着起棺的三声长号，主持丧葬的人从长子头顶拿下陶制的"侍盆"朝地上使劲一摔，将"侍盆"摔碎（一次摔不碎，不得拿起摔第二次，只能用脚跺破；如果再摔第二次，表示家中要接着死人。为了确保侍盆一次摔碎，一般在地上放置一块石头，将侍盆摔在石头上面）。随着"侍盆"落地破碎的声音，抬灵柩的八个小伙扛上肩，所有参加出殡的亲友，一齐朝着死者的棺材跪拜。然后，抬棺的小伙们抬起棺材，前头由旗、罗、伞、旌、童男、童女带路开道，儿孙、男性亲友在棺前，女性亲友在棺后徐徐前进。如果死者有出嫁的闺女，女婿们则要在理丧人的统一安排下，在棺材入坟的必经路中间，摆上供桌、供品，身穿孝服，腰束搭包（白布 12 尺，即 4 米长），先点亮供桌上的白烛两支，再点燃香，在香炉里插好，然后点燃纸钱，奠酒，对着死者的棺材行三拜九叩大礼。此时，全体送葬的亲友子女都要守着棺材跪拜、跪哭。礼拜结束后，随着长号声，接着起身向坟地前进。如果有两个以上的女婿，则要走一段停一会，直到所有的女婿出资办的三供桌礼拜结束，才能将棺材抬进坟地。

牵棺出家门后，预先找好"扢篼篼"的老人，在棺材侧边一面走，一面慢悠悠地从篼篼里拿出提前印好的纸钱朝路上撒，意思是拿出买路钱，穷神恶鬼不阻拦，让死者的灵魂顺利而去。扢篼篼的老人，要将篼篼里的钱一直撒到坟地才能撒完。

下葬

当死者的灵柩抬到坟边后，死者的亲友子孙要全部集中跪到坟穴的四周，男性在坟前，女性在坟后，亲友列跪两边。死者的长子要手拿预先备好的扫炕笤帚，到死者的坟中去为死者扫坟，象征性地扫一圈，然后，由丧差主持人将棺罩从棺材上取下，抬棺的人将棺材从棺梯上解下，然后肩扛手拽着绳索，将棺材抬到坟穴中，坟穴两头各放上两个砖块，垫起棺材，然后抽出抬棺的绳索，棺顶上盖上"旌"，将儿子手中的哭丧棒放在棺材前头两边，再由长子手拿笤帚，顺着棺材从前到后扫三遍，将笤帚扔到坟外去；主持丧葬的人将"五谷囤"（一种篾编的如粮囤形的葬品）、"长明灯"（一种用生铜制作的古式油灯）放在坟壁的特定小孔中。然后，由丧葬主持指挥着，将盖石一一盖好。此时，所有送葬的子女及亲友全体大哭、大喊，向死者作诀别，并将提前准备好的褡子、包袱、纸钱及死者的牌位和为死者送葬的纸制品（包括童男、童女）统统在坟前焚烧掉。烧完后，焚香、奠酒，全体送葬人向死者叩头礼拜，在死者长子的带领下顺着来路回家，途中不可回头。子女们在转身离开坟之前，每人要从死者的坟前抓一把土兜在衣襟中，带回家后撒在墙角或粮囤里，意思是：万物土中生，注定后代生根发芽，人丁兴旺。

抬豆腐

豆腐意为"都富"。出殡的同时，在家中料理丧事的人在门口放上两把斧子，再将一铜盆放在纸灰上，里面盛上水，放硬币，再用豆腐丁、大黄米、小米等做成厚稠稀饭，参加送葬的人回来后，每人都要进屋喝上几口或几碗。意思是死去的人没福，让活着的人代代都享福。儿女回来用水洗脸，捞一个硬币（铜钱），将硬币先藏进自己的衣服里，回到自己家中后放入衣箱中，意思为财源茂盛，日子发达。之后，端起铜盆看下边灰呈现什么形状，还有的人家的儿子在出完殡后立即跑回家抢放在门口的斧子，意为"抢福"。

重设灵堂

死者的遗体埋葬后，子女及主要亲友（死者的亲兄妹、妻子、儿女及儿媳妇、孙子等）仍然聚集在死者家中。在正间摆上一桌子，桌上摆死者的牌位，牌位前重摆供养，由三盘三碟和五个按"三一一"的层次摆起的圆形馒头组成，供养前正中设香炉，左边摆放纸钱，右边摆上装有酒或茶的祭壶，一炷接一炷地对着牌位烧香，并烧纸、奠酒（茶）、叩头作揖；夜里要点燃油灯，全家人为其守灵、哭灵，并要趁机写"圆坟"用的褡子、包袱，一直守到死者出殡后的第二天早晨饭后"圆坟"为止。

丧席

丧席即出殡结束后，丧家备豆腐饭招待亲友。旧俗饭菜从简，富家讲究排场，荤席硬八样或六菜六炒已属排场。20世纪80年代后多荤席，用酒。现在，多在酒店办酒席，以答谢亲友和料理丧事者。

圆坟

第二天早饭后"圆坟"，是死者埋葬后的第一次"上坟祭奠"，要将死者的坟堆用土堆高。"圆坟"时，子女亲友们要带上锹、镢以及为死者写好的包袱（死者是女性者用包袱）、褡子、打印化好的纸钱、胡黍种子、苞米种子和一撮胡秸。由长子手端死者的牌位和香、纸、酒壶、供养等祭品，到死者的坟前，将供养放在坟前供桌石上，将褡子、纸钱、牌位放在坟前堆起。这时，死者的长子站在死者的坟前，一边用脚跺着死者的坟上土，一边说："一脚金，两脚银，三脚踩开爹（娘）的门（坟是死者的屋，坟前头就是死者新屋的门）。"踩完后，众亲友点火烧褡子、纸钱，女性要趴在坟的四周一边哭泣，一边念叨着"爹（或娘），出来拿恁的钱"。长子要在此时将五谷种子撒在死者的坟顶上，并把带来的一撮胡秸（10根左右）插在死者坟顶的土中，连同五谷种子埋住。如果坟中埋的是夫妻两人的遗骨，或再没有比他们更老的长辈了，则要把坟堆成尖顶；如果夫妻仍有一方健在，或还有他们的长辈健在，那么，坟头只能埋成平顶，以示对活着的长辈的尊重。纸钱烧完，坟头上垫好修圆后，便由长子在坟前执壶奠酒（茶），带领众亲友为死者叩头、作揖礼拜。然后，众亲友各自回自己家中去，丧事才算结束。

戴孝

为死者"圆坟"后，子女虽然不再穿白衣白裤、戴白帽子了，但仍要戴孝3年。戴孝时，帽子顶上要钉一块圆形的碗口大的白布，衣领、衣边、衣袖和裤脚上要沿一道白布边，鞋子表面要缝上一方白布；家中的女性3年以内不得穿红衣花衣，过年时3年不贴红纸对联和过门贴（又叫"门彩"）；3年以内正月里不得走亲访友，亲生儿子在死者死后100天以内不能剪头理发，以示孝心。从20世纪70年代起，人们又以戴黑纱悼念亡者。20世纪90年代后，戴黑纱的风气也逐渐淡化。

烧七、烧周年

从死者去世之日起，每7天就要举行焚香烧纸祭礼，此俗谓之"烧七"。一般过"三七""五七""七七",其中"五七"最重要,俗称"五七、三周年,不烧不周全"。人死一年,谓之周年,民间特别重视3周年。祭奠仪式与"五七"基本相同。

死者悼念日的头天下午晚饭前,死者的长子都要写好死者的牌位,用小木盘子端着死者的牌位和祭奠用的供品,带领众弟弟们到死者的坟前去"请灵"。回家后,将牌位放在正间正北墙下的供桌上,牌位前正中摆三盘三碟,三盘三碟前正中放香炉,香炉两边各放打印化开的纸钱和装满酒(茶)的祭壶,桌边点亮油灯(后为蜡烛)。从"请灵"进家,众子女要整夜守灵不睡,众儿子要轮流烧香、纸钱,奠酒(茶),叩头礼拜;女性要在晚饭、早饭前"哭灵",以示怀念。在夜里男性除烧香、烧纸、礼拜外,还要裁糊若干纸钱,写若干褛子,以便第二天上坟时火化。如果是死者"过百日"或"过周年",除了烧褛子、纸钱外,还要找专人扎纸做的"箱""柜""摇钱树""金山""银山"等祭品拿到坟前去烧,使死者在"另一个世界"里有用不完的钱财,享不尽的荣华富贵。现在人们还将纸制成的电视、冰箱等用具放到坟前烧掉以尽孝心。

死者过完3周年后,平日就不再搞悼念活动了,只在清明节、十月一(寒衣节)、过年、正月十五日(送灯)去上坟礼拜。

竖碑

死者过了3周年后,子女们便可在清明节那天为死者竖碑(父母双亡才能竖碑,如果父母有一方仍健在,则不能竖碑)。

竖碑是子女为死去的父母做的最后一件大事。碑立好后,子女亲友要在碑前烧香、烧纸钱、奠酒(茶)、叩头、作揖礼拜。

忌"重丧日"

"重丧日"，旧时是指在死者去世的同一天，本村里又死了人，迷信认为这是一大忌：注定遭丧的人家还要接连死人。为了破除这凶日，死者家属要用木板或胡秫（高粱秆）扎一口长1尺5寸、宽30公分的小型棺材，外边涂上红颜色或糊红纸，放在大棺材顶上。出殡时，随着死者遗体一块下葬入土。

童丧

旧时，婴儿一生下来就夭折者，通常不埋葬，用谷草或炕席卷住尸体扔到野外或乱葬岗。有的人给死婴脸上抹上黑灰，作为将来托生为人的印记。据说灰抹在脸上，将来长在屁股上，这就是为何孩子刚出生后，有的婴儿屁股上有胎记的原因。稍大一些的幼儿夭亡，一般也是用谷草或炕席裹住尸体，找个地方埋掉，不留坟头。儿童夭折可留坟头，但不能进入祖坟，一般埋葬在地边或乱葬岗。

迁坟

迁坟原因很多，但主要有下面的几种：因后人觉得长辈埋葬的地方风水不好，需要再找一块好的风水宝地埋葬；夫妻双方因不同的原因埋葬在两地，后代为了将他们的遗骨埋葬在一起，其中的一方必须迁移；因出门在外，死时没条件将灵柩运回家乡安葬，暂时寄埋在外地，后来家中的后代将遗骨运回家，重新安葬。

需要说明的是，崂山地区各村，在"文化大革命"时期，因提倡大力发展农业生产，多打粮食多种粮，让"死者为生者让地"，经历了一次大范围的平坟、迁坟活动。例如山东头村的东老茔、西大茔、东茔、南茔和村中茔的坟丘，全部予以平坟，称"起古"，将去世者的遗骸迁往北山、西顶子等地的山坡。此次平坟、迁坟，使全村的有效可耕地增加了近百亩。20世纪末，根据市级统一部署要求，对建在山坡上的坟丘再一次进行了平整。

第六章　禁忌避讳

禁忌是人们对神圣的、不洁的、危险的事物所持态度而形成的某种禁制。危险和具有惩罚作用是禁忌的两个主要特征，是人们为自身的功利目的而从心理上、言行上采取的自卫措施，是从鬼魂崇拜中产生的。中国文化博大精深，然而在中国节日当中有很多的禁忌，按照老一辈的说法，这是"老天爷"安排的；按照现代人的说法，这就是迷信。禁忌作为中国传统文化，我们更应该用批判地继承心态去面对。

禁忌本是古代人敬畏超自然力量而采取的消极防范措施。禁忌的发展大致分为原初阶段、次生阶段与转化消亡 3 个阶段。丧葬禁忌与祭祖是禁忌的原初形态，与鬼魂信仰的联系最直接。次生阶段人们继承了原始时期因鬼魂崇拜出现的禁忌，将它们制度化、礼仪化，并作出繁琐的规定。在人们的生活中，无论是礼仪、节日、行业等，凡认为不吉利的，几乎都在禁忌之列。从解放思想、破除迷信的近代开始，科学逐渐深入人心，禁忌自然消亡、转换，很多禁忌演变为礼仪。在即墨以南地区（包括原青岛市区）老人活到百岁而忌说百岁，只能说 99 岁；中年人忌说 41 岁，而说 40 或 42 岁，谓 41 是"大王八"（鳖）；闺女出嫁不能在娘家生孩子，过春节不在娘家住宿；过春节忌说"穷""破""断"等字音，意主来年不顺；渔民忌说"翻"及其谐音字，怕行船遇险。

饮食禁忌

吃饭时，忌拿筷子敲击碗、盘，更不能用舌头舔碗，因此举如乞丐，意味着没饭吃；忌攥着饭碗，谓端着要饭的碗，一辈子受穷；忌筷子横放在碗上；盛饭时忌勺子往外翻，因死囚临刑前牢卒为犯人盛饭时，往往勺子往外翻，意为最后一餐；给别人斟茶时忌壶嘴对着人，倒茶斟酒忌手卡壶颈，谓形如"掐脖子"，对别人不恭；忌将筷子挂在饭桌上，如"拄哭丧棒"，大不吉；盛饭添汤时忌瓢、勺外翻，意为"胳膊肘向外翻"，也称"外翻"，意为对人不恭；忌从窗口递送食物，意为"囚饭"；客人进门的第一顿饭忌吃水饺，因为水饺是送行时的食物，俗称"滚蛋包""滚蛋饺"；到别人家吃饭时，忌把鱼翻过来，谓之"客不翻鱼"。

衣饰禁忌

衣饰禁忌多在妇女中间流行，俗谓之"妈妈令"（此处"妈妈"意为奶奶）。衣服的下边忌毛边，因毛边是丧服的形式；衣服的扣子喜单忌双，谓之"四六不成材"；衣服破损或扣子掉了，忌穿在身上缝补，如果必须在身上缝补，被缝补衣物者口中要衔一根草，谓之"针不扎人"。在即墨以南地区有"九月不缝被，缝被孤寡盖着睡""六月不缝袄，缝袄穿着好送老"的说法。

居住禁忌

农村住房有很多方面的忌讳。农历五月不能盖房，也不能晒席，盖房犯太岁，在太岁方向盖房谓之"在太岁头上动土"，是为大不吉利。还有五月不晒席的说法，一说，五月螨虫满天飞；一说五月为毒月，晒席易招毒；抑或有更深层面的说法，但无论哪种说法，都认为五月不宜晒席。《风俗通》中就说："五月盖屋，令人头秃。"唐代段成式的《酉阳杂俎·广知》中也说："俗讳五月上屋，云五月人蜕，上屋见影，魂当去。"在人们心目中，五月是个极为不祥的月份，一进入五月，人们就开始采取措施积极驱毒辟邪，尤其是在初五这一天，这些驱毒辟邪方法不仅有医药上的，还有宗教性质的，这就使得端午节本身带有较为浓厚的巫觋色彩。

住房忌面对小胡同，因小胡同又名"箭前"，会"射伤"其家。大门不可与直通的道路相对，以免冲福降灾。住宅忌布局失调，如大门建在南墙中间且又正对正堂之屋门，被认为是"水火相克"；街门或南屋门正对堂屋窗时，谓之"门对窗，人遭殃，窗对门，必伤人"。大门口如果正对屋山，谓之出门碰山，日子不好过。鸡窝垒在正屋的屋檐下，谓之"双落泪"，不吉利。忌自家的正房矮于邻居的房子；忌前面的房子比后面的高，前邻的房子高于位于后面的自家房子，谓之"家运被压"。

日常言行禁忌

在众多禁忌中，存在着良莠不齐、文明与迷信共存的现象，但某些禁忌也有其积极的一面，贤者倡导"有所不言，言必当；有所不为，为必成"。又曰："内外相应，言行相称；修身絜行，言必由绳墨；言者志之苗，行者文之根。"这是说，一个好人、贤者要用自己的言行影响别人。

岁时节令禁

甲子年忌。旧时，人们忌讳甲子年，认为逢甲子有灾祸，又说甲子年是寡妇年，忌结婚，结婚死丈夫。一年两个立春日也忌结婚，谓之"一年两个春，死了丈夫断了根"。

春节期间禁忌最多，如"正月头七日忌"：因古人以正月一日为鸡，二日为狗，三日为猪，四日为羊，五日为牛，六日为马，七日为人，所以，正月一日不杀鸡，二日不杀狗，三日不杀猪，四日不杀羊，五日不杀牛，六日不杀马，七日不用刑。正月初一至十五为"过年"，忌耕作，以为此时耕作冲犯神灵，一年百事不顺。除夕忌：夏历以十二月三十为除夕。乡民以为是日上界诸神下降，要处处秉诚恭敬。不许打碎碗碟，忌恶声谩语，忌随地小便及泼污水、灯油于地等。除夕之夜忌说不吉利的话，忌喊叫小孩的乳名，一是怕重了祖先的名讳；二是怕死者"喜欢小孩"，把小孩叫去；三是大年子夜有"收发"（巫觋）者，怕将小孩名字收去。大年三十如年前家里有人吃药，忌把药渣留在家里过年。过年三日内，不可将屋内的脏物扫到门外去，只能往里扫。除夕煮饺子忌拉风箱，怕风箱"呛年"。大年三日，尤其是除夕和大年初一，忌说脏话、气话和不吉利的话，如"死""鬼""杀""断""穷""坏""破"等字眼。逢年过节烧香时，如果香被折断，不能说断了，应当说"存"了，意香火不断，人丁兴旺；大年夜煮饺子，饺子下破了，不能说破，应当说"挣"了，意挣钱发财，变不吉利为吉利；过年或喜庆的馒头，因发酵过大蒸裂了，不能说裂了，得说"笑"了，以图吉利；过年或喜庆的蜡烛流溢蜡液了，不能说"淌"了，而应该说"留"了，意留住财富或喜事连连。

如春节前立春，忌在立春后打扫房子，小孩忌在立春后剃头。正月初一有人去世，不得说是初一去世的，须称是初二去世的。正月初五忌出门，初八、初十忌动碾磨。"二月二、龙抬头、大仓满、小仓流"，这个是北方广泛流传的谚语，指的是农历二月初二，是"龙王爷"露头的日子，这一天，禁忌动刀、剪子、针线，谓动针线会伤着"龙目"，戳着"龙眼"；这一天也禁忌到水井打水，因为打水水桶会碰着井帮，碰伤"龙头"；这一天也不能推磨，因为推磨会压坏"龙头"。

腊月二十三日过小年，"辞灶"后，出嫁的闺女忌在娘家住宿，因已出嫁的闺女不再是娘家人，不能见娘家的"灶王爷"，否则娘家会人丁不旺；正月里立春的当天，出嫁的闺女不得回娘家，以防娘家断子绝孙。

另外，过年期间小孩哭闹，年轻人打架斗殴、抬杠拌嘴，亲朋或街坊邻居都会出来劝说制止。

探病忌

忌在下午探望病人，谓中午以后，太阳逐渐下落，病人精神不旺，不利康复。

死亡忌

如身亡外地，忌"冷骨"进门，入门妨后代。旧时如遇此类情况，须停尸村外，或搭灵棚，或找庙观、桥下等处暂时存放。

人生礼仪禁忌

婚姻属相禁忌，有"龙虎相斗，鸡狗不合，羊与羊抵角"之说，男女双方的命相最好是相生的，相克则不能缔结良缘。结婚时，新娘迎进门，怀孕和服孝的妇女不能参加，怀孕妇女坐新婚夫妇的床不吉利，"双身"不能压炕，"白虎"（戴孝者）不能拦门。新娘花轿不能碰"青龙"（石磨、碾），如相遇，需用红布将其遮盖，不可遇到出殡上坟。产妇不能看新媳妇。送礼忌单喜双，忌白喜红。忌送钟、梨等物，因为送钟同"送终"，梨音同"离"。婚礼上不可说不吉利的话，如"散伙""断子绝孙""好不到头"等。已婚妇女不可在娘家生孩子，孕妇不准参加婚礼和丧礼。子女在服教期间，忌穿色彩鲜艳的服装，只能穿白、黑、灰、蓝等素色的衣服。家遇丧事，3年不贴对联，但也有贴蓝色对联者。

其他忌讳

闺女给父母送葬时，不得跪着哭，否则会哭穷娘家。

寡妇不能为嫁女缝制被褥，因自身配偶不全，故忌讳。

农历七月初六为"鬼七"（死人节），妇女儿童不得走亲，以免亲戚犯疑。

用别人家的药罐子，只能借不能还，皆因该物专为治病使用，送回不吉利。

借用别人家的丧服，过"五七"后方可送回。因"五七"之前，丧服带有丧气，对衣主不利。

油灯和蜡烛的芯子忌用剪刀铰，以免铰断"人根"。

蜡烛只能用火柴点燃，否则对先人或神灵不敬，恐引起怪罪。

去他人家叫门时，忌拍敲门环，因其为"报丧"之举动。

拾物不拾绳，因有"拾绳三年穷"之说。

到他人家时，禁忌双手拷门框而立，更不允许坐门槛，谓不吉。

第七章　称谓民俗

称谓，首先要从亲属称谓说起。

亲属称谓

亲属称谓指的是以本人为中心确定亲族成员和本人关系的名称，是基于血亲、姻亲基础上的亲属之间相互称呼的名称、叫法。它是以本人为轴心的确定亲属与本人关系的标志。在现代汉语中，亲属称谓大都能将其身份表明得一览无余，如辈分（父辈：伯、舅；同辈：哥、妹、堂兄弟），父系或母系（姑、姨），直系或旁系（孙、侄孙），年龄的大小（叔、伯、哥、弟）及血亲或姻亲关系（哥、嫂子、姐、姐夫）。汉语亲属称谓系统繁复多样，且直系与旁系、血亲与姻亲、长辈与晚辈、年长与年幼、男性与女性、近亲与远亲等不同性质的称呼都严加规范，一一区分，其语义功能细密、描述精确。

崂山地区，家庭成员、亲属之间的称谓不尽相同，且书面称呼、对人称呼和当面称呼也不相同，如子女书面称父母为"双亲""二老"等。

称呼家庭长辈

子女称呼父亲，书面或对人称"家父""父亲""老爹""老爷子"，当面叫"爹""爸爸"。广大农村人民自 20 世纪 60 年代后叫爸爸的也越来越多。

子女称母亲，书写或对人称"家母""母亲""老太太"，当面叫"娘""妈"。

子女称祖父为"爷爷"，称曾祖父为"老爷爷"，称高祖父为"老老爷爷"。

子女称祖母为"妈妈"（音 mā mā，下同）、"奶奶"，称曾祖母为"老奶奶""老妈妈"，称高祖母为"老老奶奶""老老妈妈"。原即墨以南地区，含青岛市区，将"妈妈"与"嬷嬷儿"区别开来："妈妈"是对祖母及祖母辈的人称，而"嬷嬷儿"则是对老年女人的普遍称呼，如"××家的老嬷嬷儿"，老年人对自己的妻子也常称"老嬷嬷儿"，"老嬷嬷儿"为儿化音，与"老头儿"对称。

父之兄，书面称"伯父"，当面叫"大爷"或"大爹""二爹""三爹"，或"大爸爸""二爸爸""三爸爸"，以此类推。

父之弟，书面称"叔父"，当面叫"二爹""三爹""四爹"，以此类推。

伯父之妻，书面称"伯母"，当面叫"大娘""二娘"或"大妈""二妈"等。

叔父之妻，书面称"婶母"，当面叫"二娘""三娘"或"二妈""三妈"等，以此类推。

妻对夫之父，对人称"公公""公爹"，当面随夫称"爹""爸爸"。

妻对夫之母，对人称"婆婆"，当面随夫称"娘""妈"。

平辈称呼

姐妹，统称为"姊妹"，当面叫"姐姐""妹妹"（音 mén mén，下同）。

兄弟，统称为"兄弟"，当面称兄为"哥哥"（音 gúo gúo），称弟为"兄弟""二弟""老三""老四"等。

夫称妻，书面称"贤内""夫人"。旧时对妻子多称"老婆""家里的"等，老年时则称"老伴""老嬷嬷儿"。现在，丈夫对人称妻子为"对象""爱人""夫人""老婆"者为多；当面直呼其名者居多，或叫"孩他妈""孩他娘"；也有称其为"亲爱的"。

妻称夫，对人称"男人""外头的""当家的""孩他爸""孩他爹""丈夫""先生""爱人"，当面直呼其名者越来越多，或称"孩他爹""孩他爸""他爹"。现在，也有称"亲爱的"。

妻对夫之兄，对人称"大伯"（音 béi），当面称"哥哥"（音 gūo gúo），现皆称为"哥哥"（gē gé 音）。

妻对夫之弟，对人称"小叔"，当面称"兄弟""弟弟"，或直呼其名。

妻对夫之姊，对人称"大姑""大姑姐"，当面称"姐姐"。

妻对夫之妹，对人称"小姑"，当面称"妹妹""妹儿"。

妻对夫兄弟之配偶，对人称"妯娌"，当面幼称长为"嫂子"，长称幼为"弟妹"。

兄对弟之妻，对人称"兄弟媳妇"，当面称"弟妹"，或以姓名相称。

弟对兄之妻，对人与当面均称"嫂子"。

长辈称呼晚辈

祖父母称孙辈为"孙子""孙女""孙子媳妇"或直呼其乳名、学名。

父母称子女为"孩子";称子为"儿子",称最小的儿子为"老生儿子";称女为"闺女""嫚儿"("大嫚儿""二嫚儿")、"丫头",称最小的女儿为"老生闺女""小嫚儿";称儿媳妇,对人称"媳妇子",当面叫"他嫂""老二家的",或呼其姓氏,如小王、小曲等,生孩子后有时叫"小××他娘"等。

兄弟之子女,兄弟姊妹、妯娌都称其为"侄儿""侄女",出嫁之姊妹,则对人称"娘家侄""娘家侄女"。

另外,称继母为"后妈""后娘",当面称"妈""娘";前妻所生子女对人称"前窝子儿""前窝子闺女";随娘改嫁的孩子,外人称为"跟脚子"。

亲族间称谓

亲族间称谓至今沿袭以父系家族为中心的习俗。近支称为"自己家",远支称为"本家",其他亲族中人一律称为"亲戚"。

母亲之父,书面称"外祖父",当面称"姥爷"。母亲之母,书面称"外祖母",当面称"姥娘""姥姥"。外祖父之父称"老姥爷",外祖父之母称"老姥娘"。母亲之兄弟称"舅舅"(以及"大舅""二舅"等,以别长幼);舅之妻称"舅母"或"妗子",现在大多称"舅母"。外祖母之兄弟称"舅姥爷"。祖母之姊妹统称"姑姥姥""姑姥娘",其配偶统称"姑姥爷"。外祖母的姊妹统称"姨姥姥""姨姥娘"，其配偶统称为"姨姥爷"。

舅父之子女，称"表兄""表弟""表姐""表妹"，当面亦有以兄、弟、姐、妹相称的。对人则称"姑舅兄弟""姑舅姊妹"。女之子女称"外孙""外孙女"；舅父姊妹之子女称为"外甥""外甥女"。以上亲戚关系，俗称"姥娘门上的"。

母之姊妹，称"姨""姨妈"（以"大姨""二姨"等区别长幼）；姨之配偶称"姨夫"。姨之子女，称"表兄""表弟""表姐""表妹"，对人则称"两姨兄弟""两姨姊妹"。称姨姊妹之子女为"外甥""外甥女"。以上亲戚关系，俗称"姨门上的"或"两姨亲"。

父之姊妹，称为"姑""姑姑"（以"大姑""二姑"等区别长幼）；姑之配偶称"姑夫"。姑之子女，称"表兄""表弟""表姐""表妹"，对人则称"姑舅兄弟""姑舅姊妹"。以上亲戚关系，俗称"姑姑门上的"或"姑舅亲"。

妻之父，书面称岳父，对人称"丈人""老丈人""丈人爹""泰山"，当面则称"爹""爸爸"。

妻之母，书面称"岳母"，对人称"丈母""丈母娘"，当面则称"娘""妈"。

妻之兄弟，书面称"姻兄""姻弟""内兄""内弟"，对人称兄为"大舅子"，称弟为"小舅子"，当面则称"哥哥""弟弟"。

内兄、内弟之妻，对人统称为"舅子媳妇"，以"大舅子媳妇""二舅子媳妇"等区别长幼。

妻子姊妹，对外统称为"姨子"，姐称"大姨子"，妹称"小姨子"，当面则称"姐""妹"。

妻子姊妹之夫，对外称"连襟"，当面称"姐夫""妹夫"。

兄弟姊妹称其姊妹之夫为"姐夫""妹夫"，以"大姐夫""二姐夫"等区别长幼。

父母对其女之夫，对人称"闺女女婿""女婿"（及"大女婿""二女婿"等），当面则称"他姐夫""老 × 女婿"等。

婚后女婿住岳父家，对人称为"养老女婿""倒插门女婿"。

夫妻双方之父母互称"亲家"，对人称"亲家""男亲家""女亲家""亲家公""亲家母"。夫与妻之兄弟之间的关系常被称"姐夫郎舅"。以上亲戚关系俗称"丈人门上的"。

姻亲表兄妹所生之男称外甥，所生之女称外甥女。

亲属称谓大全

长幼有序，为历代贤人的优良品德。对长辈的称呼也有约定俗成的规矩。

亲属称谓表

称呼对象	称呼	自称	向第三者介绍该对象时称谓	对朋友、同事、同学的相应对象的称谓
父亲的祖父	曾祖父（老爷）	曾孙	家曾祖父	令曾祖父
父亲的祖母	曾祖母（老奶）	曾孙女	家曾祖母	令曾祖母
父亲的父亲	祖父（爷爷）	孙、孙女	家祖父	令祖父
父亲的母亲	祖母（奶奶）		家祖母	令祖母
父亲	父亲（爸爸、爹）	儿、女儿	家父	令尊
母亲	母亲（妈妈、娘）		家母	令堂
母亲的祖父	外曾祖父（姥爷）	外曾孙	外曾祖父	令外曾祖父
母亲的祖母	外曾祖母（老姥姥）	外曾孙女	外曾祖母	令外曾祖母
母亲的父亲	外祖父（姥爷）	外孙	外祖父	令外祖父
母亲的母亲	外祖母（姥姥）	外孙女	外祖母	令外祖母
母亲的兄弟	舅父（舅舅）	外甥	舅父	令舅父
母亲兄弟的妻子	舅母（妗妗）	外甥女	舅母	令舅母
母亲的姐夫、妹夫	姨父（姨夫）	姨甥	姨夫	令姨夫
母亲的姐妹	姨母（姨）	姨甥女	姨	令姨母

续表

称呼对象	称呼	自称	向第三者介绍该对象时称谓	对朋友、同事、同学的相应对象的称谓
丈夫的祖父	祖父（爷爷）	孙媳	家祖父	令祖父
丈夫的祖母	祖母（奶奶）		家祖母	令祖母
丈夫的父亲	父亲（老公、爹）	媳	家父	令尊
丈夫的母亲	母亲（婆母、娘）		家母	令堂
丈夫的伯父	伯父（大爷）	侄媳	家伯父	令伯父
丈夫的伯母	伯母（大娘）		家伯母	令伯母
祖父的哥哥	伯祖父（大爷爷）	侄孙	家伯祖父	令伯祖父
祖父的嫂嫂	伯祖母（大奶奶）	侄孙女	家伯祖母	令伯祖母
祖父的弟弟	叔祖父（爷）	侄孙	家叔祖父	令叔祖父
祖父弟弟的妻子	叔祖母（奶奶）	侄孙女	家叔祖母	令叔祖父
祖父的姐夫、妹夫，祖父的姐妹	祖姑夫（姑爷）	内侄孙	祖姑父	令祖姑父
	祖姑母（姑奶）	内侄孙女	祖姑母	令祖姑母
祖母的兄弟	舅爷	外甥孙	舅爷	令舅爷
祖母兄弟的妻子	舅奶	外甥孙女	舅奶	令舅奶
父亲的哥哥	伯父（大爷）	侄、侄女	家伯父	令伯父
父亲哥哥的妻子	伯母（大娘）		家伯母	令伯母
父亲的弟弟	叔父（叔叔）	侄、侄女	家叔父	令叔父
父亲弟弟的妻子	叔母（婶婶）		家叔母	令叔母
父亲的姐夫、妹夫，父亲的姐妹	姑父（姑夫）	内侄	姑父	令姑父
	姑母（姑姑）	内侄女	姑母	令姑母
丈夫的叔父	叔父（叔叔）	侄媳	家叔父	令叔父
丈夫的叔母	叔母（婶）		家叔母	令叔母
妻子的祖父	岳祖父（爷爷）	孙婿	岳祖父	令岳祖父
妻子的祖母	岳祖母（奶奶）		岳祖母	令岳祖母
妻子的父亲	岳父（老丈人、爹）	婿	岳父	令岳父
妻子的母亲	岳母（丈母娘、娘）		岳母	令岳母
妻子的伯父	伯父（大爷）	侄婿	伯父	令伯父
妻子的伯母	伯母（大娘）		伯母	令伯母
妻子的叔父	叔父（叔叔）	侄婿	叔父	令叔父
妻子的叔母	叔母（婶）		叔母	令叔母

			高祖父母				
		曾祖姑	曾祖父母	曾叔伯祖父母			
	族祖姑	祖姑	祖父母	叔伯祖父母	族叔伯祖父母		
族姑	堂姑	姑	父母	叔伯父母	堂叔伯父母	族叔伯父母	
族姐妹	再从姐妹	堂姐妹	姐妹	己、妻	兄弟兄弟妻	堂兄弟堂兄弟妻	再从兄弟再从兄弟妻	族兄弟族兄弟妻
	再从侄女	堂侄女	侄女	子媳	侄侄媳	堂侄堂侄媳	再从侄再从侄妇
		堂侄孙女	孙侄孙女	孙子孙媳	侄孙侄孙妇	堂侄孙堂侄孙妇	
			侄曾孙妇	曾孙曾孙妇	侄曾孙侄曾孙妇		
				玄孙玄孙妇			

社会称谓

称谓语，就是对别人的称呼语。称谓语既是语言现象，也是社会、文化现象。在任何语言中，称谓语都担当着重要的社交礼仪作用。一般说来，称谓可分为亲属称谓和社交称谓两大类型。

代词称谓

我、你、您、他、她、我们、你们、他们、她们、咱们、人家、咱、大家、各位、诸位。

社交称谓

先生、小姐、女士、夫人、阁下等。

职衔称谓

职务：部长、省长、司长、厅长、校长、院长、厂长、经理等；

军衔：上将、中将、中校、少尉等；

职称：工程师、教授、讲师、老师等；

职业：医生、护士、老师、会计、律师、教练等。

职衔称谓都可以加上姓称呼别人。

关系称谓

同志、老师、师傅、老板、朋友等。

名字称谓

用于平辈间：小名、大名。

亲昵称谓"亲爱的"加名字最后一个字，或单称，或复称，根据双方情况而定。

敬语和谦语

在称谓语中，尤其要注意敬词和谦词的使用。

中华民族文化传统要求人们在交往中对他人应使用敬称和谦称，应该尽量放低自己、抬高他人，以示谦虚、尊敬及客气等。因此汉语里拥有大量的表示谦称、敬称的词和词组。

谦称，表示谦虚的称呼。用来表示谦称的词叫做谦辞。如，"犬子""小女""在下"。为了表示谦逊，可以用某些词语称呼与自己有关的人物。从修饰的词性来看，可分为以下三种情况。

1.用形容词来修饰

愚：愚兄、愚弟、愚见、愚意。

敝：敝国、敝邑。

贱：贱躯、贱息（在国君、皇帝面前称自己的儿子）；贱内（称自己的妻子）。"贱"相当于"我的"。

小：小女、小儿。

微：微臣。

卑：卑职

2.用动词来修饰

窃：窃思、窃念、窃闻。

伏：伏惟、伏闻

3.用名词来修饰

在别人面前谦称自己的家人，比自己年纪长的用"家"，如家兄、家父、家严、家母、家慈；在别人面前称呼比自己年纪小或辈分低的亲属用"舍"（舍，舍间，含有家里的意思），如舍弟、舍侄。

称别人家中的人，冠以"令"表示敬重，如令堂、令尊、令郎、令爱等敬称。

总结："家大舍小令外人。"

对他人的尊称还有：

尊：尊府、尊兄、尊驾、尊夫人；

贤：贤弟、贤妻；

仁：仁兄、仁弟；

贵：贵体、贵姓、贵庚；

高：高朋、高亲、高邻、高见；

大：大礼、大作、大驾。

亲友间礼貌称呼

父母同称：高堂、椿萱、双亲、膝下；

父去世称：先父、先严、先考；

母去世称：先母、先慈、先妣；

兄弟代称：昆仲、手足；

夫妻称：伉俪、配偶、伴侣；

同辈去世称：亡兄、亡弟、亡妹、亡妻；

男女统称：男称须眉，女称巾帼；

老师称：恩师、夫子；

学生称：门生、受业；

学校称：寒窗、庠序；

同学称：同窗。

自古以来，我国对婴、幼、少、青、壮、中、老各个年龄的称谓，可以说是名目繁多，雅致有趣。不满周岁：襁褓；2~3岁：孩提；女孩7岁：髫年；男孩8岁：龆年；幼年泛称：总角；10岁以下：黄口；13~15岁：舞勺之年；15~20岁：舞象之年；12岁（女）：金钗之年；13岁（女）：豆蔻年华；15岁（女）：及笄之年；16岁（女）：破瓜年华、碧玉年华；20岁（女）：桃李年华；20岁（男）：弱冠；30岁（男）：而立之年；40岁（男）：不惑之年、强壮之年；50岁：年逾半百、知非之年、知命之年、艾服之年、大衍之年；60岁：花甲、平头甲子、耳顺之年、杖乡之年；70岁：古稀、杖国之年、致事之年、致政之年；80岁：杖朝之年；80、90岁：耄耋之年；90岁：鲐背之年；100岁：期颐。

第八章　居住习俗

居住民俗是指同一地域的广大民众在居住活动中所创造、享用和传承的属于本群体的独特的民俗习惯模式。如居所新建时的一系列仪式，居所内部物品的摆设，家庭成员住房的分配以及住房之间的相互协调，等等。每个地区都有其独特的民居习俗，崂山地区各个时代有各个时代的特色习俗，但大体情况变化不大。大致上说，居住民俗包括建房礼仪、居住信仰、居室类型、居住禁忌等方面。

建房

崂山民房多为土木砖石结构，与左邻右舍接山连墙，屋顶为"人"字形。建有正屋、东西厢屋或倒屋，各家自成院落，俗称"天井""院子"。

旧时院墙多用石块垒成，临街墙上镶嵌有用以拴骡马的"拴马石"。墙顶上面抹石灰或泥，叫"打墙头"。近代，院墙多用石块垒下部，上面垒砖，外面用水泥抹平；也有的用砖或水泥砌成几何图案，称作"花墙"。院墙不能高于屋檐。街门，俗称大门，多为南向（以东南或西南居多），极少有北向门，也少有东向、西向的。大门一般漆为黑色，老辈有功名的人家可漆红色。门上部修有门楼，旧时大门和门楼都是财势的象征，富有人家的门楼上饰有"龙

老房子

头""寿狗"等吉祥物，朱门高耸，彩画装饰。平常人家的大门、门楼都很简陋，门楼多用草苫，有的大门没有门楼，只设一个简陋的"栅栏门"。大门内大多建有影壁，俗称"照壁"，上写"福"字，或绘有鹿、鹤等图案。在现郊区，至进入 21 世纪之后，为方便车辆出入，大门多用铁门，修得都比较宽大，有黑、红、绿等颜色。

建房礼仪

建房，当地称"盖屋"，是民间大事。20 世纪 50 年代前，盖新房前要请风水先生看"阳宅风水"，然后根据其风水选择宅基地，并择吉日动工。看风水、择宅基、安门框、做梁椽都要经过多种仪式和活动，尤以上梁（房屋基本框架建好时上正梁，即主梁）仪式最为热闹、隆重。上梁时间一般都定在"正晌午时"，届时亲友都要上门帮忙或祝贺，贺礼多为一块红布，叫作"挂红"，或送酒肉、馒头、糕点等，并帮忙搭建房顶，由东家宴请。梁上要贴上"上梁大吉""福禄寿""吉星高照"等字样的大红纸横批，还要绑上红筷子，用红绳系上铜钱，挂上红布。上梁时要燃放鞭炮、举行祭祀。有些地方上梁时由木匠、瓦匠师傅边唱喜歌边往下扔糖果和一些龙、凤、虎、蝶等形状的小饽饽，逗引孩子哄抢。

新房屋落成，请道士做法事，驱鬼邪，谓之"净宅""五雷镇宅"。

50 年代前，村民盖房有邻帮友助之风，民谚曰："打墙盖屋，邻里相助。"新房落成后，在新房设宴答谢亲友邻里。

旧时，农村房屋除有钱人盖瓦房外，多为草顶土坯房，俗称"草披房"。草披房以使用山草、海草为佳，耐腐蚀，抗风雨，可十几年甚至更长时间不用重新换置房顶；也有半草半瓦的。窗户多为木质窗棂。

20 世纪 70 年代开始，农村建房统一规划，房屋也多为砖石墙、瓦顶、玻璃窗户。厢屋或南侧之平房，多为水泥平顶，用以晾晒粮食或夏夜乘凉。80年代，老旧草房逐步绝迹，年轻人结婚前还要对新房进行装修，农民的居住条件大为改善。

20世纪80年代后，房屋建筑由砖木结构取代土木结构，并向砖混结构发展。房舍的面积、体积、造型、采光、通风、装饰、地面处理及室内布置等追求明快敞亮、格局入时，有线电视、电话、宽带、天然气等纷纷入户。

进入90年代，大多村庄已是楼房连片。富裕人家建别墅，房间宽敞明亮，客厅阳台安装大落地式门窗，兼具观景、休憩、采光等多种功能。

旧房翻新

俗称翻新屋，是在旧房的基础上，将破败的老房屋推倒重建，其工序要比建设新房屋费时费力。在清除旧建筑后的其他工序风俗则与盖新房基本相同。

居住风俗

20世纪80年代前，崂山民间住宅多为平房。坐北朝南的房间为"正屋"，坐南朝北的为"倒屋"（低于正房屋檐），东西两侧为"厢屋"。墙体之外墙多用石头，里墙多用土坯（俗称"墼"：一种用泥土压实而成的长方形、未经烧制的土坯）砌成。正屋中间一间为"正间"，两边分别叫"东间""西间"。正间东西各设锅灶一个，通东、西间炕内，供冬季热炕取暖。旧时，正间与东西间墙壁上有一方洞，叫"灯窝"，也叫"婆婆眼"，可放油灯，同时照明两个房间。在正间的上方用木板或高粱秸扎顶棚，也叫"天棚"，东、西间多用花纸贴棚顶，装饰有蝙蝠、团花等图案的剪纸，叫"仰棚"。靠近正间的其中的一个房间"仰棚"之上，留有一个"窝棚"，也叫"过棚"，用于存放杂物，或冬季储藏地瓜。

　　旧时崂山地区的房屋一般为三间或四间，正间即为灶房，亦是会客的地方。一般人家，正间设一方桌，春、夏、秋季，有客人来访时，一般于正间方桌之侧就座，并在此设宴。冬季因为天气寒冷，一般在长辈居住的房间会客。正间还有一个特殊的功能，就是用作祭祀，遇有年节等重大活动，在此设祭。过年时，正间要放宗谱、挂祝子，烧香祭拜祖先。

　　有厢房的人家，通常长辈住正屋，幼辈住厢屋；没有厢房的独立房屋，则长辈住外间，幼辈住里间（套间）；长辈住东间，幼辈住西间。

中堂

建房禁忌

居住民俗中也有许多禁忌，如五月忌盖屋；大门忌冲着山丘、河流、大道、水井和坟墓，宅基不能直冲街道、面对庙宇；建房忌用槐木，院内忌栽桑树、柳树和杨树等。房前屋后有"前不栽桑、后不栽柳"之说。

乔迁

村民乔迁新居，要提前告知亲朋日期，亲朋一般要携带居家用具或其他礼品前往祝贺，俗称"烧炕"，有祝福其"温暖如春""吉祥永裕"之意。"烧炕"时，主人宴请前来祝贺之宾客。富裕人家乔迁"烧炕"有持续数日者。席间宾主畅谈乔迁新居之喜乐。

第九章　服饰民俗

　　衣冠在人，如金装在佛。衣饰对于人类进化与文明进步的重要性是不言而喻的。服饰是人类特有的劳动文化成果，它既是物质文明的结晶，又是精神文明的具体体现。人类社会从蒙昧、野蛮到文明时代，缓缓地行进了数十万年。我们的祖先在走出森林以后，披着兽皮与树叶，在风雨中徘徊了难以计数的岁月，终于跨进了文明时代的门槛，懂得了遮身蔽体，渐至美化形体乃至心灵，创造出一个精神文明与物质文明相互交融、相互促进的文明世界。衣饰的作用不仅在遮身暖体，更具有精神功能。几乎是从服饰起源的那天起，人们就已将其生活习俗、审美情趣、色彩爱好，以及种种文化心态、宗教观念，都沉淀于服饰之中，构筑成了服饰的文化精神与文明内涵。

　　崂山地区的服饰演化，在民国以前与山东地区基本一致，因受青岛市区的影响，自民国时期开始，又不同于山东其他地区。特别是从 20 世纪 60 年代末期开始，其衣饰潮流受上海等发达地区的影响，紧跟时代步伐，被誉为"领潮"地区。

　　要说崂山地区的民俗服饰，有其历史渊源。

明代服饰

　　明朝的皇帝冠服、文武百官服饰、内臣服饰、百姓服饰，其样式、等级、穿着礼仪真可谓繁缛。就连日常服饰，也有明文规定，如崇祯年间，皇帝命太子、皇子易服青布棉袄、紫花布衣、白布裤、蓝布裙、白布袜、青布鞋，戴皂布巾，装扮成老百姓样子出面活动，这条记载也印证了当时平民百姓的衣饰。《明史·舆服志》[①]记载：洪武五年（公元1372年）规定，民间妇女礼服只能用紫色，不能用金绣，袍衫只能用紫、绿、桃红或其他浅淡色，不能用大红、鸦青、黄色，衣带则用蓝绢布。明代衣衫已出现用钮扣的样式。明代妇女的鞋式仍为凤头加绣或缀珠。宫人则着绣上小金花的云样鞋。

清代服饰

清代男子的服饰以长袍马褂为主，此风在康熙后期及雍正时期最为流行。妇女服饰在清代可谓满、汉族风格并存。满族妇女服饰以长袍为主，汉族妇女则仍以上衣下裙为时尚。清代中期始，满汉互相仿效，至清代后期，满族效仿汉族的风气颇盛，甚至史书有"大半旗装改汉装，宫袍截作短衣裳"之记载。而汉族仿效满族服饰的风气，也于此时在达官贵妇中流行。妇女服饰的样式及品种至清代也越来越多样，如背心、一裹圆、裙子、大衣、云肩、围巾、手笼、抹胸、腰带、眼镜……层出不穷。

1840年以后，西洋文化浸透着中国本土文化，许多沿海大城市，尤其是上海、青岛这样的大都会，因华洋杂居，受西方风气之浸染，服饰也开始发生潜在的变革。早期，服装式样变异甚少，民间仍然是长袍马褂为男子服饰；女子则上袄下裙。

---

① 明史卷六十六志第四十二

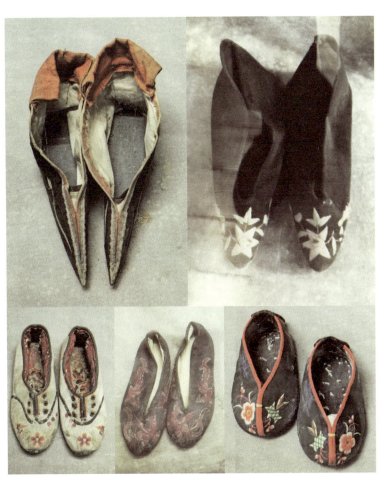

绣花鞋

上袄下裙

长袍马褂

20世纪50年代中期以前，长袍马褂为男性服饰名称，由长袍与马褂两部分组成。民国元年（公元1911年）颁布《服制案》，将其列为男子常服之一。

长袍，又称长衫，为大襟右衽、平袖端、盘扣、左右开裾的直身式袍，这种没有马蹄袖端的袍式服饰在清代原属便服，称为"衫""袄"，俗称"大褂"（"袍"在清代仅用于称呼有马蹄袖端的服饰），至民国时期作为礼服使用者概称为"袍"。礼服之袍统用蓝色面料，纹饰均为暗花纹，不作彩色织绣图案。非礼服所用者，仍沿用清代"长衫""大褂"等称呼，颜色不限。

马褂，对襟、平袖端、身长至腰，前襟缀扣襻五枚。马褂原为清代的"行装"之褂，后经改良逐渐成为日常穿用的便服。

数百年以来，崂山地区最为常见的服装是大襟袄配缅裆裤。

汉语词汇中，衣裳两个字密不可分。上衣下裳，是一个整体。与大襟袄搭配的裤子就是缅裆裤了。在温饱尚未解决的条件下，无论是衣，还是裳，最大的功用是遮体、御寒、保温，而缅裆裤把这些功能充分地糅合在一起。电影《红高粱》里面的男人们光着脊梁、穿着缅裆裤抬轿子的镜头，就是当时穿着的真实写照。崂山地区从清代至上世纪50年代中期，大襟袄、缅裆裤，是为农村最常见的装束，曾数百年引领服装潮流，其优点就是穿着舒适，为劳动者所钟爱。因此，大襟袄、缅裆裤才是崂山地区民众真正意义上的服饰。

大襟袄

大襟袄，顾名思义其两侧的衣襟一大一小，是不对称的。男人左开襟，女人右开襟。穿着时，大襟覆盖小襟，并一直延长到小襟一侧的腋窝下边系扣。扣子是自己制作的盘扣。

盘扣

盘扣是由"袢条"编织而成。"袢条"是用细布条折叠缝制的，其编织过程称为"缲"（音qiao，一种缝纫方法，把布边儿往里卷，把针脚藏到里边，从外面看不出来）。制作盘扣时，用缲好的"袢条"编成桃疙瘩形状，缝在大襟上；扣门也用"袢条"做成环状，缝缀在小襟一侧的腋窝下。扣门有九扣、七扣，最常见的为五扣。扣门的个数绝不可以缝成双数，因旧时有"四六不成人"一说，意即，如果扣门是四个或六个这样的双数，那这人一辈子也不会有出息。虽然说起来有些荒诞，但已成定则，无不遵循。

严格意义上说，大襟袄这种装束，更注重的是实用效果。在缺吃少穿的年代，不具备现在里三层外三层的御寒条件。一件光板棉袄大人穿过改改给孩子穿，甚至男人穿过改改给女人穿。冬天能有棉衣棉裤穿，就是幸事了，至于布料、颜色、款式、做工，就没那么多讲究了。

在崂山地区，无论是长袍（衫），还是马褂，仅为礼仪性服装，只有在节日或走亲访友时才能穿戴。劳动人民上山下海，日出而作，日落而息，日常只穿经过改良的对襟上衣，下身一般为宽腰裤，俗称"缅裆裤"，其裤腰肥大，穿着时，需将裤腰扎向左或向右。

缅裆裤

缝制缅裆裤不用量体裁衣，只要大致估算一下下身长度，或直接估算腿的长短就行了，不用考虑其腰围、臀围。缝制缅裆裤的程序是：先用粉笔在粗布上画出裤子的轮廓，然后用针线把剪下来的四张裤片缝在一起，裤子主体就算完成了。其裤腰较宽大，宽六七寸，主体完成后，在其腰部接上白布作为裤腰，一方面是便于系裤腰带，更重要的是有利于腰部保暖。穿着时，把腰部多余的部分向中间折过来，用腰带扎紧，再用布条将裤下端扎紧，防止风从裤管里灌进来。这样，再冷的天、再大的风都难以直接侵袭身体了。

有了衣裳，再说腰带、裤带。腰带用一根草绳即可，一般为一根稍粗一点的布条。束腰时先把肥大的裤腰围好，再用腰带勒紧，然后系上个活扣就行了。这样的腰带用起来自然很不方便。"大便"时为了避免腰带掉在地上，通常都是搭在脖子上的。如入茅厕，只需把腰带搭在墙上，即可起到茅厕里有人的警示作用，可避免有人误闯误入。

20世纪50年代中期以前，崂山地区女性的服装与男性大差不差，除男性穿长衫（袍）、女性穿袄（褂）之外，再就是色彩上的变化了。女性上衣为对襟袄（褂），下身为缅裆裤。颜色上女性多穿着红袄、红裤（一般节庆穿戴）和花袄、绿裤或蓝裤，冬季穿戴则多为黑灰布袄、裤。面料上，新婚时一般为绸缎，亦有粗布。平时衣料多为自制土布。

　　清末年至民国初年，崂山妇女曾经流行的发髻式样，有螺髻、包髻、朝天髻、元宝髻、香瓜髻、盘辫髻、蝴蝶髻等等。年轻的妇女，除了梳髻以外，还留一绺头发覆于额上，俗称"前刘海"。前刘海的样式，也不完全一样，有一字式、垂丝式等。佩戴的头饰有钗、簪，手饰有手镯、戒指等。

第十章 饮食民俗

中国饮食文化博大精深，源远流长，可以从时代与技法、地域与经济、民族与宗教、食品与食具、消费与层次、民俗与功能等多种角度进行分类，展示出不同的文化品位，体现出不同的使用价值，异彩纷呈。中国饮食不但讲究"色、香、味"俱全，而且有"滋、养、补"兼顾的特点。并且随着社会的进步与发展，各种菜式越来越丰富，吃法也是愈来愈多样。与此同时，吃还有调剂感情和促进交往的作用，很多社会交际应酬活动多在饭桌上完成。

中国地域广阔，民族众多，饮食文化在不同的地区、不同的民族，花样百出。就是同一个地区，也是各有千秋。

崂山的饮食独具特色。旧时的崂山山区人大都以地瓜、地瓜干、山菜、海菜当家过日子。"半年糠菜半年粮，爹顾不了儿子，闺女顾不了亲娘。"困难生活促使山区的家庭主妇们创造性地做出了丰富多样的色、味、形各异的饭、菜、汤、饼，形成粗粮细做、中看又中吃的山乡餐饮食谱。如地瓜面、山菜大包、苞米饼子咸鲅鱼、清煮地瓜、清煮大芋头、蒜泥凉拌蚂蚱菜、蒜泥凉拌石花菜凉粉、野菜豆沫小豆腐、大葱蘸虾酱、清煮花蛤蜊、八带鱼拌大葱等几十种独具山海风味的山区饮食。

地瓜、地瓜干

要说地瓜与地瓜干，必先说地瓜的引进与种植。

地瓜甜美可口，在种植上对土壤条件要求不高，且产量高。地瓜原产于南美洲，明朝万历年间（公元1591年前后）经东南亚传入我国闽粤一带，清乾隆年间引入胶州，继而在即墨、崂山地区推广。另有史料记载，地瓜最早种植于美洲中部墨西哥、哥伦比亚一带，后由西班牙人携带至菲律宾等国栽种，不许外传，携带出境者格杀勿论，十分严厉。明朝有位叫陈珍龙的太守，拜托乡人将地瓜蔓缠在粗绳子里面，绳里用泥敷好，就这样把地瓜蔓夹在绳里带到中国来，在南方繁殖后逐渐传到山东。又据民国周至元《崂山志·卷五·物产志·植物》记载："番薯，一名甘薯，俗名地瓜，为山民主要食品。清乾隆初，闽人自吕宋携种来，始繁殖焉。有芽瓜、蔓瓜之分。土质适宜，山腰岭巅但有弓地，即种植之。秋日收之，切作干，厚二三分，曝干收藏，用作一年饍粮。肥大而甘，为他处所不及。"

崂山因丘陵山坡地分布广泛，种植业发展的自然条件有限，而地瓜作为适宜丘陵地带种植的作物，因其产量高、实用价值大，在全区广泛种植，自引进至包产到户、分田单干，地瓜一直是崂山村民主要口粮之一，栽种面积约占崂山总耕地面积的1/2~1/3。

地瓜实用价值很大，鲜地瓜和地瓜干可食用，腐烂的地瓜晒干、切片可作燃料，干地瓜耙头（瓜蒂部分）和地瓜蔓粉碎后可作牲畜饲料，地瓜发酵可作地瓜酒（黄酒），地瓜干加上小麦曲发酵可烧制白酒。过去，地瓜与地瓜干是崂山村民的主要粮食，秋冬两季，村民大多以地瓜为主食，春季则多以地瓜干为主食。

此外，地瓜干磨成面粉后（俗称地瓜面），还可以做地瓜面饼、地瓜面窝头、地瓜面豆包、地瓜面汽馏、地瓜面大包，或与其他面

大地瓜

地瓜蔓　　　　　　　　　　地瓜干

粉掺和在一起做馒头等。本文着重介绍与崂山民俗息息相关的几种地瓜面面食。

　　严格意义上说，地瓜面算不上是一种面粉，然而，它又确实是面粉——用地瓜干磨出来的面粉。只因旧时生活艰辛，大多数村民以地瓜、地瓜干当家，长年累月就从地瓜干这种当家食物中琢磨出了一些道道——变换一种吃法，让其生出些味道，因此才有了崂山地区的地瓜面这种特有的食材。

地瓜面豆包

之所以在豆包前面要加上"地瓜面"三个字，是为了区别于有些地区的"豆包"。地瓜面豆包的皮儿、馅儿都是由地瓜面做的。一种是纯地瓜面豆包，其做法是：将原有地瓜面加水调和成面；将地瓜干煮熟后上碾碾压（崂山地区称上碾为"卡"，音 qiā）至半黏状（有面、有小块）时即可，加少许白糖，然后用地瓜面皮包成豆包状，上锅蒸熟，即可食用。另一种是，在煮地瓜干时，加入豌豆、豇豆等一同煮熟，上碾碾压至半黏状，将豆馅加入白糖蒸熟。其特点是甜、香、松软，很适合老年人和儿童食用。

地瓜面汽馏

不仅在崂山地区，在昌潍及半岛地区也有地瓜面汽溜，只是不同的地区做法和用料不同。崂山地区的汽馏做法：将地瓜干上碾碾压至半面半碎状态，收起；将黄豆上小磨磨成豆沫子（半碴半沫状），然后将磨好的豆沫子与碾压好的地瓜面充分调和，加入白糖，做成窝头，但比一般窝头要大，底部直径在 15~20 厘米。无论是豆包或汽馏，一般在腊月二十四五赶做，为年节前后的主要食品。汽馏在食用时，一般切页。其特点是松软香甜，较地瓜干、饼子可口，乡间有"好汽馏胜过糙馒头"一说。

地瓜面大包

为加大地瓜面黏性，地瓜面大包面皮中最好加入部分面粉。将地瓜面和好后备用。大包的常见馅料有 3 种。纯萝卜馅：将萝卜用擦铳擦成丝，加入葱、姜、盐、酱油、油或猪大油调成馅即可；

豆包

汽馏

大包

海鲜馅：将萝卜丝或切好的白菜加入葱、姜、盐、油、酱油并虾皮或蛤蜊肉、虾米，调成馅即可；肉馅：将切好的萝卜、白菜加入剁好的猪、羊、牛肉，以葱、姜、盐油、酱油等调味即可。上锅大火蒸熟。

面豆虫

将和好的地瓜面揉和成长圆柱形，用擦铳擦成条状（形似豆虫），上锅大火煮熟即可。煮前加入葱、姜、油等爆锅更可口一些。另，将和好的地瓜面擀成面条状，上锅大火蒸熟，加入卤子或其它如虾酱或用葱、姜、油等做成的佐料，浇入面条，面豆虫食时也可以此等佐之。

地瓜面饼

因做地瓜面饼时，多加入虾酱，因此地瓜面饼又称虾酱饼。做时，根据自己的口味，将地瓜面加入些许鲜虾酱，亦可加入少许葱、姜等，和面擀成饼，上锅蒸熟即可。

有关地瓜的食用方法尚有很多，不一一赘述。除了地瓜面食外，崂山地区尚有下列几种主要面食。

苞米（玉米）饼子

将玉米磨成玉米粉，加水、小苏打稍加发酵，然后将和好的玉米面趁热围绕铁锅贴于下方，俗称"烀饼子"。烀饼子时，锅底一般有炒菜，在将菜炒（煮）至半熟后，乘机烀上玉米饼。烀的饼子一般有操作者手掌大小，蒸熟后变大。

春玉米

一般人家炸饼子时锅底有其他菜、食，渔家一般在做鱼时顺带炸饼子，这种情况下蒸出的饼子最为好吃，既蕴含了玉米饼的香气，又浸染了鱼虾的鲜味，深受渔、农家之喜爱，现今流行的农（渔）家宴之"铁锅鱼"，就是由此传承而来。

大黄米年糕

大黄米，又称"软黄米"，与小米非同一种作物，是由糜子（黍）去皮加工而成。糜子是生长于我国北方的一种农作物，适于贫瘠干燥土壤生长，其含有的人体必需的8种氨基酸的含量均高于大米和小麦，尤其是蛋氨酸含量，几乎是大米和小麦的2倍。

大黄米年糕的做法：温水和好面粉放置发酵；将蒸好的黄米加入白糖搅拌均匀，做成大包子的形状；做成后，在上头按压上一小窝，上锅大火蒸约15分钟即可。

应注意的是，因大黄米黏性强、散热慢，要充分放凉后方可食用，否则容易烫伤口腔、咽喉。

农家大馒头

馒头，也称面塑，崂山地区旧时俗称"饽饽"。崂山大馒头是崂山地区农村世代相传的手工艺面制品，至今已有500余年的历史，其中王哥庄街道的面塑最具代表性。崂山王哥庄大馒头已经成为岛城美食中不可或缺的一种，也是青岛的特产，有着悠久的历史，曾在第五届中国民间工艺品博览会上荣获金奖。

因馒头是一种大众食品，几乎家家户户都会做，在此不再赘述其做法，但崂山大馒头制作有其关键步骤，一是和面的硬度，二是蒸馒头时的火候要掌握好。

传统面点

馒头有大小、式样（花样）与用途之分，崂山大馒头的做法如下。

1. 温水加酵母，慢慢倒入面粉，边倒边用筷子将面粉搅成絮状，然后揉搓成团。

2. 将面团反复揉搓，揉到表面光滑，似婴儿皮肤般细腻，然后用刀切开面团，如果里面没有气泡，说明面已揉好。做成的馒头好吃与否，这一步是关键。

3. 将揉好的面团放到常温环境下（热炕头或冬季有阳光的地方更好），发酵至原面团的2倍，用手指按一下面团，如果面团不起来，说明面已发好。然后将面团取出，再反复揉至光滑细腻，再松弛10分钟左右，就可以做馒头了。要想做喜庆大馒头、特大馒头，首先要做一个二三斤重的馒头，蒸熟后，一层一层加厚蒸熟，直到大小达到满意程度。崂山曾经有用15斤干面做成的大馒头。

根据用途和花样不同，有小猪、小鸡、小鸭、小兔、小蛇馒头，有龙凤呈祥馒头，也有大花、鲤鱼、莲蓬、寿桃、吉祥福寿等馒头，形态各异，栩栩如生。

农家宴与渔家宴

崂山地区的宴会习俗，农家与渔家的传承，大体一致，但又各有侧重。农家宴主要以家常荤菜、素菜为主，后增加了时令山野菜等，加之必不可少的二三道鲜、咸鱼，佐以面食、大包子等；渔家宴则更注重各种时令海鲜，辅之时令蔬菜，佐以面食、海鲜水饺、包子等。农、渔家宴在北宅、王哥庄、沙子口、中韩、金家岭等不同区域，食材、食谱不尽相同，各区域有各区域的特色，各家有各家的拿手好菜。不一一赘述。

渔家宴

　　地域文化象一面镜子，映照着中国文化的气象万千，一方水土养一方人，各有各的风俗习惯。有一句民间俗语说得既形象又生动，那就是"十里不同风，百里不同俗"，概括了社会生活、乡土风情的多样性。"春夏耕耘，秋冬收藏"，长期的农耕生活，养成了崂山乡人勤劳能干，做什么事情都爱琢磨出一个"道道"（门道）的生活习惯。我们的祖先经过了几千年的经验积累，总结出来了很多规律，他们把这些规律汇集成生活宝典，并且发扬光大。时至今日，在崂山农村仍然保留着很多与其他地域不同的生活习惯，这也是自古传承下来的一脉文化。尽管区域内各村庄习俗大体一致，但在许多细枝末节上各有千秋。那一丝丝乡愁、一丝丝乡韵，伴随着记忆中乡间小吃的韵味，久久萦绕心间与脑际。在此，特从众多农家宴、渔家宴之乡土食谱中遴选较有特色并被民众广为接受的 10 余个名吃，以飨读者。

鲞鱼

白鳞鱼制成咸鱼后称鲞鱼，又名鲚鱼、勒鱼、鲞鱼、肋鱼、鲙鱼、白鳢鱼、雪映鱼、藤香等。徐珂《清稗类钞》："曝干曰鲞鱼，俗称白鲞。"光绪年间《日照县志》卷三："鲚鱼，俗呼白鳞鱼，故名鲞。"在青岛地区，捕捞、食用白鳞鱼的历史长达5000余年，胶县三里河遗址中曾数次发现过大量白鳞鱼鱼骨、鳞片。

白鳞鱼号称海中"最鲜的鱼"，蛋白质含量高达21%。且鳞下脂肪层厚，含大量不饱和脂肪酸，钙、磷、铁、锌、碘、硒等无机盐含量在1.2%以上，营养价值很高。清代王士雄《随息居饮食谱》记有："鲚鱼，甘平，开胃，暖脏，补虚。鲜食宜雄，甚白甚美。雌者宜鲞，隔岁尤佳。"白鳞鱼属鲱形目鲱科，体侧扁，银白色，鳞片大而晶莹，皎然生辉，群弋海中，仿佛披着闪亮铠甲的士兵，南北皆出，渤、黄海为佳。因鳞白如雪，又名雪映鱼。白鳞鱼古称鲞鱼，上美下鱼，寓意美味之鱼，后俗写为"鲞"。见宋范成大《吴郡志·杂志》："美下着鱼，是为鲞字。"《正字通》："鲞，本鲞，鲞为俗写。"

古人认为，此鱼风干，味道较之鲜食尤佳。从前，白鳞鱼产量丰盈，供过于求，除鲜食外，大量腌制晾干，销往内地。如今则极少见了。白鳞鱼之味，鲜醇韵远，口感极佳，美食界素有"南鲥北鲙"和"来鲥去鲞"之说。盖凡鱼类，产卵后总不如产卵前鲜嫩，白鳞鱼却恰恰相反。春末夏初，由外海游至近海产卵后的白鳞鱼，正如产卵前的鲥鱼一样，肉质最为鲜美。同产一地的白鳞鱼，而品味高下却犹如冰炭，相去甚远，这就是产卵前后的区别。还有这么一种有趣的现象，淡水鱼的鳞片越大，鱼刺就越粗而少；咸水鱼则反其道而行之，鳞片越大，鱼刺却越细而多。清代汪沆在《津门杂事诗》中云："春网家家荐巨罗，鲥鱼风味可同科。樽前也有渊材叹，

白鳞鱼

纵说藤香恨刺多。"藤香是白鳞鱼的美称，因其汛期正当紫藤开花
的季节。这首诗说的就是白鳞鱼好吃，奈何刺多。其刺细如牛毛，
参差盘结，非常考验人们的舌功和耐心，性急之人往往不敢领教，
也就错失了如斯美味。就像第一个吃螃蟹的人一样，只有那些富于
冒险精神的勇敢者才能得到最好的回报，这已是放诸四海而皆准的
信条。饮食之道，亦不例外。在当地村民看来，吮啧鱼刺需要舌尖
与齿颊之间类似杂技般的灵巧与默契，其结果必定使得我们朝着味
觉享受的至高境界更上层楼。有心者在这介乎原始与艺术之间的过
程中所能得到的收获，较之咀嚼大块鱼肉时的淡而无味，绝对不同。
白鳞鱼的卓尔不群，由表及里，无所不在。常鱼之鳞，质地坚硬，
对于我们来说，不过是多余的废物。白鳞鱼的鳞片却仍然属于不可
多得的美味，入口脆嫩酥香。每见不知者弃之如敝屣，实可叹也！
鲜活的白鳞鱼，无论清蒸炖煮，皆不失为珍馐佳肴。其中最具特色

的则非白鳞焖蒜苔莫属。

过去，崂山地区所产鱼类以白鳞鱼居多，因运输买卖渠道不畅，常将白鳞鱼腌制或于屋檐下晾干，曰鲞鱼。又因鲞与"香""想"同音，因此，逢盖房、喜宴、过年者，必有此鱼，以讨吉利，不可或缺。鲞鱼分晾晒鱼和腌制鱼。前者加盐卤制后晾晒，后者用多年腌鱼老汤腌制，此菜说的是后者。做时，将咸鱼洗净沥水后盛置于盘，然后将葱、姜切段后撒于鱼上，加少许酱油、花生油，上锅蒸熟后即食，其味鲜醇咸香，回味悠远。要说明的是，白鳞鱼的鳞片且不可刮除，其鳞片实为不可多得的美味。

咸鲅鱼粉条炖萝卜

风干鲅鱼是山东沿海地区渔家世代相传的特色美食，有着悠久的历史。风干鲅鱼最早的由来是，出海打鱼的渔民有时候打的鱼很少，有时打的鱼又很多，为了储存方便或尽快食用，干脆将鱼直接切开，在海水里来回冲洗几遍，直接挂在船头快速风干，等待靠岸后便可以食用了。这样晒的鱼咸鲜适中、口感劲道美味，是山东沿海地区渔家人世代相传的特色美食。

日积月累，山东头渔民做风干鲅鱼便有了诀窍：整个腌制洗涤过程用海水，还要在海水里"透"一遍。这样做的风干鲅鱼的优点：一是不招苍蝇，二是海鱼用海水洗，味道好。另外，也可以在上岸后，选用新鲜鲅鱼，去鳞、鳃、内脏，洗净，片开，整条加盐后，老汤腌制，多为冬季招待客人时食用，或于春节期间一家人围炉而食，为年节必备之佳肴。做菜时，将咸鲅鱼刷洗干净，并将粉条浸泡后捞出待用；将萝卜切块，加入葱、姜等佐料爆锅，将咸鱼稍作翻炒，后加入萝卜、粉条焖煮即可。

另外一种做法是：将咸鲅鱼切块后，加入葱、姜、少许油、

鲅鱼批子

酱油上锅蒸熟即可。其特点是入口咸香，鲜美醇远。佐饭、下酒均可。

干面条鱼凉拌韭菜

　　面条鱼又称银针鱼，学名玉筋鱼，玉筋鱼科。体细长，稍扁，成鱼长约 10 厘米，呈青灰色或乳白色，半透明，口大，有犬齿；背鳍长，无腹鳍。栖息于近海沙底，常潜伏于沙内，分布于渤海、黄海沿岸，为北方重要经济鱼类之一。面条鱼主产于小长山岛以北及大长山岛一带海域，渔期在 5~6 月。表层水温升高后，潜入沙底，捕食停止。

　　每年 5 月份，面条鱼洄游至崂山近海。旧时，当地渔民用大网在浅滩处拉网捕鱼，多时一网可捕获上万斤。鲜鱼上岸后，渔家用韭菜碴或茼蒿段炒食；或者净炖，口感细滑，鲜嫩可口。剩余大部分或运往内陆贩卖，或晒干储存，日后食用。

干面条鱼

　　制作干面条鱼有两种晾晒方法：一是甜晒，此"甜晒"并非加糖晾晒，而是指不加盐或少加盐的晾晒方法，以区别于加盐晾晒；二是加盐后晾晒。

　　晒干的面条鱼一可加韭菜凉拌，二可加盐、酱油、花生油蒸食。尤以前者品味最佳，多为下酒菜。

全家福

　　全家福为肉类菜系。生猪宰杀后，将猪肺、大肠、小肠、猪血（俗称猪杂碎）及少量肥肉等，佐以白菜或萝卜块，入锅炖食。步骤：将鲜猪杂碎洗净，切片备用，将葱、姜等切碎备用，将白菜或萝卜切块备用；先将葱、姜等爆锅，然后倒入猪杂碎爆炒（猪血除外），待七成熟后再加入白菜（萝卜）翻炒，最后加入猪血并少量水，焖煮。此菜的特点是，入味，味全，入口鲜美透香，令人垂涎欲滴，回味无穷。

菠菜（韭菜）炒墨鱼豆

墨鱼豆学名：双喙耳乌贼，主要营浅海底栖生活，常潜伏沙中，也能凭借漏斗的射流作用游行于水中。有短距离的生殖洄游。早春，集群游近沿岸繁殖，张网中常有渔获。墨鱼豆头上长着两只比米粒还小的眼睛，透着阳光观察，其微微泛着绿光，加上完全伸展的触须，整体身体长度也有指肚大小，因此称为墨鱼豆。春季3~5月份，是墨鱼豆的上市时节，此时墨鱼豆最好吃。

炒制方法：先将鲜墨鱼豆上水冲洗，沥水后待用，将菠菜（韭菜）切碎后待用；爆锅后，将冲洗好的墨鱼豆炒至八分熟，然后放入菠菜（韭菜）炒熟，即可食用。特点：鲜美，滑嫩，百吃不厌。

墨鱼豆

蚂蚱菜大包

蚂蚱菜，学名长蕊石花菜，别名：山菜、山麦楂、马铃菜、草三七。野生蚂蚱菜生长于山坡，清明节前后即可采摘。蚂蚱菜富含蛋白质、粗纤维、胡萝卜素、烟酸及其他多种维生素，食之可增强免疫力；富含胡萝卜素和维生素C，有助于增强人体免疫功能，使人健康少病；具有解热镇痛、活血消肿、促进血液循环的作用，民间常用来治跌打损伤（其新鲜叶梗亦可治疗皮肤瘙痒、蚊虫咬伤）。

将采摘后的蚂蚱菜择净、淘洗干净，一般边切边淘洗，要淘、切3~4遍。加入葱、肉调馅，最好是五花肉加鲜蛤蜊肉，包好后，上锅蒸熟即可。其特点是鲜嫩，清香，营养丰富，但胃寒的人要少吃。蚂蚱菜饺子与大包做法相似。

挈萝卜酱（挈酱）

萝卜在中国民间素有"小人参"的美称，一到冬天，便成了家家户户饭桌上的常见菜肴。现代营养学研究表明，萝卜营养丰富，含有丰富的碳水化合物和多种维生素，其中维生素C的含量比梨高8~10倍。萝卜含有能诱导人体自身产生干扰素的多种微量元素；白萝卜富含维生素C，而维生素C为抗氧化剂，能抑制黑色素合成，阻止脂肪氧化，防止脂肪沉积。

挈萝卜酱一般入冬后制作。

如果想把萝卜做成酱，可以把萝卜擦（切）成细丝儿，与黄豆搅匀，（如加入些许碎姜丝、葱末则口感更好），掺入食盐，装坛密封，2日后，豆子上的长丝和白毛、白膜全部被萝卜条吸收。把萝卜丝儿连着发酵的豆子一起放进罐子里密封15~30天（根据室温而异）。一道美味佳肴诞生了。

红头鱼炖豆腐

红头鱼俗称绿翅鱼、角鱼、莺莺鱼（崂山地区渔民将莺莺鱼、绿翅鱼、红顶琶区分为3种不同的鱼，同属硬骨鱼纲、鲉形目、鲂鮄科鱼类，莺莺鱼味最佳）。红头鱼以秋冬季新鲜者为佳。

制作材料：新鲜红头鱼、豆腐、葱、姜、蒜、料酒、香菜等。制作步骤如下。

1. 把鱼去内脏洗净，放入料酒、葱段、姜片、蒜片、大料、花椒，腌5分钟。

2. 将豆腐切成片或块，备用。

3. 锅内放油（以猪大油为佳），油热后，放入姜丝、葱花爆香，放入鱼煎。

4. 加水，大火炖到开锅时，撇去锅里浮沫。

5. 放入豆腐片（块），继续炖。

6. 15~20分钟后放入香菜出锅（可以滴几滴香油）。

崂山渔村有"千滚豆腐万滚鱼"一说。特点：红头鱼与豆腐搭配，色、味俱佳，入口清香、鲜嫩，回味无穷，欲罢不能。

小豆腐

小豆腐食材简单，但食之有味。首先将洗净并浸泡过的黄豆上石磨磨成"豆沫子"（磨成渣即可，不用过细）。将萝卜用擦铳擦成丝。葱、姜爆锅后，将萝卜丝炒到六成熟，然后将"豆沫子"放在萝卜丝之上，焖煮即可，加酱油、盐出锅。其特点：鲜香可口，既可作菜，亦可当饭。旧时冬季，此菜为家家户户必食之菜。

海蛎子

海蛎子，学名牡蛎、褶牡蛎，是崂山海岸礁石之特产。牡蛎为固着型贝类，一般固着于浅海物体或海边礁石上，以开闭贝壳运动进行摄食、呼吸。为滤食性生物，以细小的浮游动物、硅藻和有机碎屑等为主要食料。牡蛎通过振动鳃上的纤毛在水中产生气流，水进入鳃中，水中的悬浮颗粒被黏液粘住，鳃上的纤毛和触须按大小给颗粒分类。然后把小颗粒送到嘴边，大的颗粒运到套膜边缘扔出去。崂山周边村民俗称其为海蛎子。

秋冬季节，尤其是立冬以后至开春时节为打海蛎子的季节，此时的海蛎子最为肥美。这时，妇女提着"四鼻罐"，带上蛎爪（一种专用于打海蛎子的铁爪，在木柄前端斜插一个粗约 0.8 厘米、长12~13 厘米的铁爪，便于敲打蛎壳，获取其蛎肉），前往海滩礁石打海蛎子。

海蛎子

旧时有一句俗语，亲切地称其"老娘的海蛎子"。

打海蛎子时，往往将一小水瓢置于跟前，一手握"蛎枪"（约8号铁丝线做成，长约15厘米，头偏有刃），一手握住海蛎爪敲打蛎壳，然后用"蛎枪"剜取蛎肉放入小瓢中，待瓢里存有一定数量的海蛎子肉后，将瓢内的海蛎子放入海水中漂洗，去掉蛎壳等杂质，然后将干净的海蛎子肉倒入罐里存放。旧时，一个打海蛎子的能手，一次（潮）往往能打3~4斤海蛎子肉。

要想吃到味美的海蛎子，一般要将其存放一段时间"发一发"。

海蛎子汤

海蛎子汤一般为白菜、韭菜汤。做法：将白菜、韭菜切碎，或将萝卜用擦铳擦成丝；爆锅后，将菜炒熟，加入海蛎子，加盐少许，加入适量水，开锅后即可。有人形容说，喝了海蛎子汤，其他再无滋味也。可见海蛎子之鲜美。

海蛎子炖豆腐，将豆腐切成小块或切成条、页，爆锅后，将豆腐入锅，加入海蛎子，大火炖煮即可。其特点是鲜、嫩、味美。

海蛎子饺子（大包）顾名思义，就是馅料佐以海蛎子的饺子或大包。做法是：将白菜、萝卜丝切碎、剁细，加入肉、海蛎子并葱、姜、油、盐等拌馅。其饺子、大包鲜美程度无可比拟。

海蜇

海蜇又称水母，是生活在海中的一种腔肠软体动物，体形呈半球状，上部呈伞状，白色，借以伸缩运动，称为海蜇，下有八条口腕，其下有丝状物，呈灰红色，叫海蜇头。可人工培育，并已人工放流以增加其资源量。可供食用，并可入药。是沿海一带民众喜爱的一种食物。常见的食用方法有以下几种：

酸辣海蜇头

所需食材：海蜇头、大蒜、盐、料酒、姜汁、香醋。

做法：

1. 将海蜇头漂洗干净泥沙，放清水中浸泡5个小时，中间换水两次，顺着蜇瓣切成小片，再用清水洗净；大蒜去皮洗净，制成蒜泥。

2. 锅内添清水，水沸后将海蜇头放入快速烫一下，捞出用凉开水浸凉。

3. 海蜇头加蒜泥、盐、料酒、姜汁、香醋拌匀装盘即可。

凉拌海蜇

所需食材：鲜海蜇、蒜半头、盐、陈醋、香油、味精、香菜适量。

做法：

1. 海蜇放进清水中浸泡和清洗，用清水洗两遍。

2. 清洗好的海蜇切成丝，太厚的地方要片开再切丝。切好的丝放进清水中，再清洗两遍（与果冻差不多的口感）。

3. 香菜洗净切末，蒜去皮洗净，蒜臼里放入半小勺盐，把蒜放进去捣碎，然后加入一大勺陈醋。

4. 一个大碗里，放入洗净的海蜇丝，倒入蒜醋汁，加入少许香油、味精，撒上香菜末即可。

渔船新捕的海蜇

制作后的干海蜇

香灼海蜇

所需食材：：海蜇丝、大葱、姜、橄榄油、香油、盐、醋、酱油。

做法：

1. 鲜海蜇切成丝，海蜇丝用冷开水洗净，沥干水分。

2. 葱姜切丝，热锅热油，放葱姜丝，爆香，加少许盐、醋、酱油调成酸甜口味，滴香油。

3. 热油，淋在海蜇丝上，拌均匀即可。

另外，还有凉拌海蜇皮、海蜇爪等。做法是将经过腌制的海蜇，以白菜加蒜泥、酱油、盐、醋、味精等凉拌即可。熟食则有白菜炖海蜇里子，做法与白菜炖肉相似。

海蜇可制作多种菜肴，渔家人可以只用海蜇做出一桌美味佳肴。不一一赘述。

除上述海鲜的做法之外，在崂山地区还有煮蛤蜊（俗称嘎啦）、煮海螺、煮海胆（俗称螺蛄）、海胆汤等许多美食。同时，还有清蒸鱼、红烧鱼、鲜炖鱼等许多渔家食材及制作方法，与其他沿海各地大同小异，不一一列举赘述。

凉拌蚂蚱菜

将新采摘的蚂蚱菜洗净，然后淘洗 3~5 遍（一般为一边淘洗，一边切碎），将淘洗好的蚂蚱菜，花生炒熟后用擀面杖碾碎加入，再加适量盐、香油、少许味精调拌均匀即可。

凉拌萝卜丝

与凉拌蚂蚱菜相似。清香可口。

民以食为天。在民生的诸多元素中，饮食元素永远处在第一位。就饮食民俗来说，崂山独具特色。除上述特色饮食之外，崂山地区可圈可点之物太多，不再一一列举。

崂山水

说到崂山饮食，就不得不提崂山水。崂山被认为是世界三大地下水系之一，有着"琼浆玉液""水中花魁"等美誉。崂山的水在形成之前，至少经过了长达17万年的花岗岩裂隙深循环，堪称大自然的奇迹与恩赐。总揽古今，游人之游览崂山，必以饮崂山水为快。崂山水也孕育了三样宝贝，崂山矿泉水、青岛啤酒、崂山茶。

俗话说，"山有多高，水有多长，名山总得名水相伴"，崂山正是如此。自古有"深知海上长生药，不及崂山第一泉"之说，因此崂山水也有"神水""仙饮"之称。

据史料记载，1905年，位于古老中国山东半岛的太平山麓还是一片山峦起伏、古树参天的景象。1930年德商罗德维在此打井并进一步开发水源，从地下深层花岗岩隙间找到了优质的矿泉水资源，在中国打了第一口矿泉水水井。这就是历史上著名的"刺猬井"的由来。因为此水具有较高的保健和医疗价值，当时很多人饮后病情大见好转，便登报致谢，崂山矿泉水的名声一炮打响。

要问，崂山水为什么这么好？有研究者称：崂山形成于距今约1亿年前的燕山运动晚期，因相继有熔岩喷发和花岗岩的广泛侵入，遂缓慢冷却上升，逐步形成现存的一层一层的地质轮廓。崂山中部地带，为花岗岩裂隙孔隙水。由于局部残积层较厚，沟谷下切较深，形成下降泉，这就是崂山矿泉水发源地。崂山水富含人体所需的各种矿物质和微量元素，如钾、钠、钙、镁、铁、锰、锗等对人体有益的矿物质元素，纯天然零污染，水质优异，尤含罕见的锶和偏硅酸。

康有为关于崂山有"天上碧芙蓉,谁掷东海滨?"一说,王铎则说:崂山形状确实像一朵芙蓉花一样,一层一层的,在山脚望不到山顶。这山势就像一层层花盆,水不易流走,形成的水系也是一层一层的,因此崂山总是郁郁葱葱、古木参天。青岛人常说"千难万难,不离崂山",这背后的感情也与崂山水有关。

一方水土滋养一方人,崂山之水名扬天下。在没有普及自来水之前,崂山民间吃水都来自村中的水井。较大村庄一般有数口水井,其水有甜水与婪水(苦水,对应甜水)之分。甜水为村民日常饮用水,婪水用来浇地、洗衣服。甜水井遍布崂山大小村庄,尤以八水河一线、王哥庄泉心河一线、南北九水一线及西部浮山一线的井水最为甘甜。

有多少来崂山的人曾艳羡加嫉妒,称赞说:你们青岛(崂山)人吃的是山珍海味,喝的是琼浆玉液,享老鼻子福了,天下又有几人有此口福?!言辞虽有夸张,却也是许多外地人对崂山水,也包括对崂山饮食的共同心声。可见崂山饮食名声之大。

第十一章　渔家习俗

　　崂山海岸线长达 87 千米，沿海大小岛屿 18 个，构成了崂山的海上奇观。居住在沿海一带的渔民世世代代以海为伴，久而久之，形成了沿海渔民特有的生产、生活习俗。

　　崂山地区有纯粹的农民，而无纯粹的渔民。从农从渔，仅仅是一个农、渔主与辅的问题。在崂山地区，尤以中韩、金家岭、沙子口、王哥庄沿海地区为著，渔民旧时基本都有土地耕种，几乎没有无地耕种的渔民。亦农亦渔，是崂山渔民最大的特点。而在上述地区及现北宅街道的山村农户，则可称为纯粹的农民，但因为紧靠海岸，其生产、生活深受海洋与渔业生产的影响，农家与渔家，其分别也仅仅发生在生产对象上。除却山村农户不提，在此仅表述崂山地区的渔家生产、生活风俗。

生产习俗

　　渔民的生产工具主体为渔船，早先为渔筏。筏子是用八九根粗壮圆木捆绑在一起的，六七米长，粗头在后，细头在前，中间的圆木最粗最长，左右两边逐渐缩短。筏子前面看上去尖尖的，能顶风破浪。筏子上面竖有桅杆，桅杆上挂风帆，顺风时就将桅杆立起，挂上帆，筏子便劈波斩浪，航行速度立刻就能提速许多。到民国时期，筏子逐渐退出，继而代之的是渔船。但无论是筏子，还是渔船，都是一靠风，二靠潮，三靠使橹摇，其劳动强度非常大。如遇顺风尚可挂帆，如遇风浪，就要使出些力气。渔家风俗，开船如欲转回，不能立即调转船头，须绕路回摇，寓意"好人不走回头路"。晨开船如见狗、蛇、鼠在河里和船头游过或野鸭飞过，均视为不吉。还有，女人不能上船，上船则视为大不吉。

渔民把渔船看成自己的伙伴，是赖以生存的依靠，因此，渔民对它爱护备至，并赋予它灵性，旧时的木制渔船其前方都有一对凸出来如大鱼般的眼睛。新船造好后，只画眼，不画睛，等到黄道吉日，船主会敲锣打鼓放鞭炮，亲自为新船点睛，其他的渔民也会喊着大吉大利的号子，把披红挂绿的新船从岸上一步一步移下海。

渔船

除船体外，渔民的生产工具有渔网（拉网、流网、大网、挂子网）、钓钩、网线、漂、钓筐、渔篓、炊具等，无论哪种渔网或是钓钩，都是捕鱼、钓鱼的主要工具，其他为辅助工具。在王哥庄一带渔村，还有一种网具叫圆网。圆网分大捎、二捎、三捎、底丝断、大加、二加、帮网、底网等24条网，组成一个合起来的圆网。网具结成后，经过桐油浸泡，铺开晾晒，晒干后收起，浮梗上捆绑梧桐木做的浮标；出海前将各条网连接起来，叫"缝网"，再将浮梗和块梗缝扎到网的顶部和底部，把网连起来，叫"连网"。在沙子口的姜哥庄及金家岭街道的石老人、山东头一带渔村有一种叫"毛网"的，网扣大，专门用来打鲨鱼、鲈鱼等一些大鱼。另有一种专门捕捞墨鱼用的"筹子网"。总之，渔家多门道，渔潮有讲究。

打橛

在渔民的生产中，除正常的出海巡网打渔外，其中的一项重要劳作就是"打橛"。橛是在海中用来挂网、固定渔网的重要工具，"打橛"一般于早春正式出海前完成。只有打上了橛，才能出海捕鱼。

橛，一般分为两截，下截打入海底，上截为"橛把"。打入海底的木橛一般长1.5米左右，橛把长2米左右。海底为泥滩时，打入海底的木橛要深一些；海底为硬滩时，则打入的要浅一些。最好的木橛为刺槐木，其次为松类木质。

王哥庄、沙子口一带渔民用于捕鱼的网有大网、挂子网，大网长度30~40米，挂子网网长约20米。张大网时，要打2个木橛，挂子网为1个木橛。20世纪50年代前，山东头村等一些没有湾子的渔村，没有大网、挂子网，渔民以钓鱼为主，兼营海滩拉大网。

打橛最为出力，早春出海打橛时，都要备足午饭。在打橛的数天里，出海者的食物都是上好的，一般为面食（馒头或玉米饼子等）。将橛打牢之后，橛上要拴一条"根"，绳根上拴有一个浮漂。待木橛完全打好之后，择日张网。

计划经济时代及后，崂山引进海带养殖，此后又引进扇贝养殖，海带和扇贝养殖也需要打橛。在此不予详述。

出海与晒网

进入捕捞期后，渔民每日要根据潮流出海巡网捕鱼。明清时期，捕鱼的渔船多为木筏，渔民称其为筏子，后期也有少量船舟。夏秋时节，因水温高，每波潮水都要将海中的渔网打捞上岸晾晒，并剔除网上的海草等附着物。如遇风浪海，不能及时出海巡网捕鱼，待出海时，就要视情况对网存的鱼虾进行处理。如果相隔时间（渔民称其为"压流"）较短，网中的鱼虾没有严重的变质，则可将网中之鱼虾尽量收入船上；如果有变质情况，要对网中鱼虾进行筛选，去糟留鲜；如若出现连续风浪而造成"压流"时间较长，而网中鱼虾已经变质，一是将鱼虾全部倒掉，二是将其取回用于农田施肥（俗

渔网

缝补渔网工具

缆绳

称"喂地"），以清除网具。

除了上述生产之外，渔民还有渔船修整、维护（"上糊"、漆油等）、织网、补网、编绳等日常劳作，其劳苦自不必多言。旧时出海，渔民最怕的就是突如其来的风浪，小风浪让人倍加辛苦，大风浪则可能造成船毁人亡。过去，在沿海一带渔村，几乎每个村庄都有葬身海底渔民的"衣冠冢"，就是旧时渔民生活艰难与风险的一个缩影。现在渔民在生产工具上，无论是船只还是捕捞工具，都得到了极大的提高和发展，渔民的生产生活质量与日俱增。

生活习俗

渔家有很多讲究和忌讳。在渔民家吃饭，鱼是必不可少的，要把鱼翻个面时，不能说翻，要说"转过来"或者是"掉过来"；吃饺子时不能说"下饺子"，应该说"煮饺子"；吃完饭筷子要放在桌上，不能放在碗上。渔民在船上忌光着身子睡觉和随地大小便，以免亵渎海神娘娘，冒犯神灵。在渔船上捕鱼时，不能穿凉鞋和露皮肉的鞋，以免钩挂鱼网。搬动物体忌说"翻过来"，渔民说翻过来为"调过来"或者说"正过来";船帆不能叫帆,叫船篷。而在饮食方面更有旁人所不可理解的讲究。如吃鱼不吃肉,专吃头和尾,这好像很难让人理解。其实,这如同"外行看热闹,内行看门道",只有海边人最有发言权。主食是从家里带到船上的,吃饭时,海鲜中渔民们吃得最多的往往是鱼头鱼尾,剩下最多的却是鱼肉。

龙王节

有的渔民首次出海拉网,捕到鱼之后,首先要挑选大鱼蒸熟盛于盘中,在船头奠酒焚香,祈祷龙王爷保佑多打鱼。龙王节是传统的渔民节,盛况有如过年。正月十三是崂山地区的龙王节。节前几天,家家忙着杀鸡宰鸭,买肉打酒,妇女们还要蒸制象征吉庆的红枣大馒头祭祀海神。

晒海米

海米俗称虾米,是崂山地区沿海久负盛名的特产,可谓誉满天下,名曰"金钩海米",计划经济时期,中国出口的海米几乎都打着这个牌号。晒海米的步骤:将水加适量盐后烧开,将新鲜蛎虾(或红虾驹子)放入开水中,用筮篱翻焯。翻焯时要掌握火候,火候过大影响海米的质量,火候不到则不易去皮。在适当的时候将蛎虾捞出,放置于干净的水泥地或木板上暴晒。晒干后将蛎虾放入网袖或密网里,上下提拉或将其在硬物上轻轻甩打,促使其脱皮,最后将其倒入簸箕中将皮屑扇动,去净皮屑。制成后的海米根据其个头大小分类。姜哥庄、石老人、山东头一带出产的海米称为"金钩海米",最为上乘,粒大饱满,晶莹剔透,为世人所称道。

晒面条鱼

晒面条鱼，在崂山有着悠久的历史，尤其是王哥庄的仰口、沙子口的麦窑、山东头的大泽口等几个海滩出产的面条鱼最为干净新鲜。面条鱼一般在 4~6 月份洄游至近海浅滩处，渔家在浅海处用拉网将其捕获。拉一个大网一般为 26 人左右，需要大家同心协力完成。丰产时，一网甚至可捕获上万斤面条鱼。

在加工面条鱼之前，要做好充分准备，垒锅灶，准备大印口铁锅，备足木柴、竹筛子、大铁捞篱子、苇席，选择水泥地等干净场地。计划经济时期，煮鱼的锅灶直接设在海滩上，面条鱼捞上岸后，就地加工。晒面条鱼须在晴天进行。水烧开后，按照鱼、盐 10:1.5~10:2 的比例，待水沸腾后将盐加入锅中，放入鲜面条鱼，用铁笊篱轻轻翻焯，使锅内的面条鱼均匀受热，掌握火候，适时将煮好的面条鱼捞出，放置于苇席、干净场地上暴晒。在晾晒一段时间后，要将面条鱼轻轻翻动一下，但要防止其破碎。若遇晴天，一整天即可晒好。晒好的面条鱼入箱封存。面条鱼可与韭菜、圆葱一起凉拌，也可以上锅加葱、姜、油、酱油蒸食。

扒扇贝

扒扇贝即用贝刀、铁抢等工具将扇贝撬开，取其中之肉、柱。

20 世纪 80 年代，崂山地区引进扇贝养殖，品种多为栉孔扇贝。扇贝产量很大，经济价值高，扇贝柱的干制品称为"干贝"，为名贵海珍品。扇贝分为鲜贝即食和扇贝柱炒、煎、炸等多种食用方法。在加工扇贝柱时需要用扇贝刀将贝壳撬开，去除扇贝裙、内脏，将扇贝柱剔出，然后进行晾晒、储藏。

祭海

正月十三日，渔民到海滩祭海，摆供品、鸣鞭炮、焚香纸，虔诚叩拜，以祈丰收。

记风

老渔民凭经验牢记春秋、正月里及平时刮大风、降暴雨的时间，以此推测日后的风雨情况。出海时，根据风向判断是否起风浪。

送船

新船下海前，船主择"黄道吉日"，在船头设供品、点蜡烛、焚高香、烧黄表、敲锣鼓、鸣鞭炮、行大礼。船主执朱砂为新船点睛、开光，船头披彩，桅悬红旗，抬船人喊着"百事大吉、波静风顺"号子，送船入海。

上网

每年初出海时，先把冬季里修整的网具分盘在海岸，在锣鼓鞭炮交响声中，渔民抬着网具，喊着号子，徐徐登舟，将网一节一节地盘入船舱，行礼祝福。

有关海忌习俗，在前面礼仪章节已有所提及，在此不不予重复。

沙子口鲅鱼节

供神

旧时渔民主要是敬龙王、海神娘娘、财神三宫，按一定的节令，在除夕之夜或初一早晨，渔民到龙王庙、海神娘娘庙烧香叩拜，或到海边摆供品，焚香纸，求神灵保佑一年太平。渔民家家供财神，每次出海都要烧香，这是为了让神仙看到，他们认为上升的香烟能把他们的心愿带给天上的神仙，保佑他们海上发财。

第十二章　信仰风俗

　　民俗文化与宗教信仰密不可分，传统文化，是民间民众的风俗生活文化的统称。"信仰"一词最早出现于佛经《华严经》唐代译本，又作"仰信"，谓对佛、法、僧三宝不疑而钦仰之，也就是对佛、法、僧三宝之崇信钦仰。在原始意义上，信仰也可指天地信仰与祖先信仰。据现代人类学、考古学的研究成果，人类最原始的两种信仰一是天地信仰，二是祖先信仰。万物本乎天，人本乎祖，天地与祖先是人类、万物之根本。天地信仰和祖先信仰的产生是源于人类社会初期对自然界以及祖先的崇拜。崂山民众普遍信仰道教、佛教，民间有居士，但无组织。

道教

　　崂山民俗信仰，正是根基于天地与祖先崇拜，而这也符合道教"一生二，二生三，三生万物"的法则[①]，社会人生都应法"道"而行，最后回归自然的教义。道教亦可称为本教，崂山民众之信仰离不开道教。崂山是道教发祥地之一，自春秋时期就云集一批长期从事养生修身的方士之流，明代志书曾载"吴王夫差尝登崂山得灵宝度人经"。到战国后期，崂山已成为享誉国内的东海仙山。

---

①　"一生二，二生三，三生万物"，出自老子的《道德经》第四十二章，是老子的宇宙生成论。

宋代初期，崂山道士刘若拙得宋太祖敕封为华盖真人，崂山各道教庙宇则统属新创的华盖派。元代以来，道教全真派兴起，崂山各庙纷纷皈依于全真道北七真的各门派，成吉思汗敕封邱处机之后，崂山道教大兴，势头延至明代。至清代中期，崂山道教宫观近百处，对外遂有"九宫八观七十二庵"之说。近代以来，崂山道教遭到严重破坏，尤以1939—1943年间侵华日军对崂山的"扫荡"为害最重。道士被杀害，庙宇被炸毁，珍藏被掠走，崂山道教自此每况愈下。新中国成立后，青岛市人民政府拨专款对崂山道教庙宇实施重点维修，崂山道教得到保护和延续。"文革"前期，崂山道教被作为"四旧"，受到冲击，神像被毁，道士遭遣散，崂山道教的宗教活动被废止。中共十一届三中全会以后，青岛市人民政府逐步恢复部分崂山道教庙宇，落实宗教政策，召回道士，重修神像，返还庙产。相继修复并对外开放的庙宇有太清宫、上清宫、明霞洞和太平宫。崂山道教恢复了正常的宗教活动。

在20世纪50年代，崂山尚存十四宫、九观、十七庵、十六庙、三洞共五十九处道观，共有道士二百余人。其中规模较大的有太清宫、上清宫、玉清宫、聚仙宫、华楼宫、神清宫、通真宫、大崂观、太和观、明道观、凝真观、百福庵、卧云庵、蔚竹庵、修真庵、明霞洞、白云洞、太平宫和关帝庙等。如今，崂山山区内尚存道观有太清宫、上清宫、明霞洞、太平宫、通真宫、华楼宫、蔚竹庵、白云洞、明道观、关帝庙、百福庵、大崂观和太和观。其中，太清宫、上清宫、明霞洞、太平宫皆修葺一新，成为道教宗教活动的重要场所。

佛教

崂山佛教始于魏晋，盛于隋唐，明代又有所发展，清代后期渐衰。浮山的浮山庙始建于东汉年间，应视为崂山地区最古老的寺院以及佛教在崂山的发端。另外，崂山的崇佛寺（俗称荆沟院）始建于魏元帝景元五年（264）；东晋义熙八年（412），到印度等地求经的僧人法显泛海返国，遇飓风漂泊到不其县（现今的崂山）南岸栲栳岛一带登陆，当时不其县为长广郡郡治，笃信佛教的太守李嶷听说法显是到西方取经的名僧，便将法显接到不其城内讲经说法，并在其登岸之处创建了石佛寺（即潮海院）。从此，佛教在崂山声名大振，广为传播。嗣后，崂山相继建起了石竹庵（后改名慧炬院）等。北魏时法海寺的创建，标志着崂山佛教已初具规模。明万历十一年（1583），明代四大高僧之一的憨山和尚来到崂山，并从万历十三年（1585）起在崂山太清宫三清殿前耗巨资修建了气势恢宏的海印寺，后因与太清宫道士发生纠纷，道士耿义兰进京告御状，万历二十八年（1600）朝廷降旨毁寺复宫，憨山亦被远戍雷州。崂山佛教虽遭此打击，但并未一蹶不振。此后，桂峰、自华及慈沾等著名僧人仍在崂山进行了许多佛事活动，加之当地乡宦士绅的支持，崂山佛教仍有所发展。

据粗略统计，明清两代，崂山创建的佛教寺院有20余处，其中最有影响的是华严寺。华严寺规模宏伟，名声远播，藏有清雍正年间刊印的《大藏经》一部，还有元代手抄本《册府元龟》。直到清末民初，华严寺与有着1500多年历史的石佛寺、法海寺仍并称为崂山佛教的三大寺院。民国时期，崂山佛教每况愈下，逐渐衰落。1949年后，崂山的僧人在国家民族、宗教政策的引导下，积极参加了各项爱国活动。"文革"中，各寺院的神像多被砸毁，经卷、文物被焚烧，僧尼被遣散，大殿被封闭。但也有些宗教文物受到了群众的保护，如华严寺的《大藏经》和《册府元龟》被青岛市的文化部门抢救出来。另有史料记载：沙子口东风船厂的职工把石佛寺和大石寺的五尊铁佛完整地保存下来；源头村居民把法海寺的乾隆年间重修碑拉到家中隐藏起来等。

基督教

基督教与佛教、伊斯兰教并称世界三大宗教。但是，基督教无论从规模，还是从影响方面，都堪称世界第一大宗教。基督教在人类发展史上一直有着极为重要且不可替代的关键作用和深远影响。据记载：中国最早的基督教教堂为唐代景教在长安所建大秦寺。天主教方济各会在元代大都（今北京）等地所建教堂称十字寺。明万历十一年（1583）天主教耶稣会传教士利玛窦在广东肇庆建造教堂，初名仙花寺，后改寺字为堂，俗称教堂或天主堂。新教传入中国后，常称教堂为礼拜堂，意为礼拜上帝的殿堂。

崂山地区基督教最早的教堂在北宅街道南北岭村。相传，南北岭一孙姓女信徒嫁到梁家村，并在周边村庄传教。初始信徒都是到南北岭教堂参加礼拜，因群山阻隔，往返困难，孙姓教徒遂决定自己建一所教堂。终于1914年在解家河建成教堂，取名黄石头教堂。教堂有正房五间作礼拜堂，东厢房三间为附属房。新中国成立后，教堂改为解家河小学，礼拜活动停止，教徒改在家中聚会。随着党的宗教信仰自由政策的贯彻落实，1985年被占用的教堂归还信徒，宗教活动得以恢复。后经民主选举，成立了教堂"三自"管理小组。1990年教堂进行翻新扩建，形成今日规模，遂定名为解家河教堂。教堂占地419.2平方米，正堂157.25平方米，副堂92.5平方米，院子169.45平方米，总投资约4万元。

崂山区基督教教会、教堂等组织建立较早，教会按照"以堂带点、以点包村"管理模式进行管理，现在全区有4座教堂，信徒约2000人。广大教徒与人和谐，爱国爱教爱民，教导人们敬神爱人，宽容处世，诚善为人，热心各类社会公益事业，资助贫困学生、贫困家庭，积极向灾区捐款捐物，为建设和谐社会贡献力量①。

建庙供神

庙宇是供奉神佛或历史上名人的处所。庙宇一指祠庙，二指寺庙。在崂山，有村就有庙。每个村庄都有一座或多座庙宇，庙大庙小各不同，供奉哪路神通则要看人们信仰趋向，因为不同村庄可能信仰不同，观念不同，所供奉的神祇也不尽相同。有的村庄公庙里供奉的是自己的祖先，当作神来祭拜；也有的村庄公庙里供奉的是历史上受人敬仰流传千古的大人物，如春秋的孔子、三国的关公、隋朝的冼夫人等；也有些村庄公庙里供奉的是文昌、魁斗星君这些先天正神，如山东头等村的文昌阁就是一例。换言之，在公庙里供奉祖先是姓氏观念的信仰，也就是世人所说的同姓本是一家，作用意义是寻根问祖，落叶归根；在公庙里供奉流传千古受人敬仰的大人物，作用意义是敬仰先人之德；在公庙里供奉文昌、魁斗星君这些先天正神，则是人们出于祈求神祇坐镇保境安民，济世救民出人才的意愿。在漫长的民俗文化进程中，建庙供神皆出于人们对天地、祖先的尊崇，抑或是对先圣的敬仰、对神灵的敬畏。纵观崂山地区，建庙供神，有多种奉祀对象。

一是家庙。奉祀，是中华民族纪念先祖、寻根问祖的一种方式。自夏商周以来，历朝历代皆有官方奉祀和民间家族奉祀，奉祀祖先是中华民族的优秀传统。可以肯定地说，奉祀祖先能凝聚中华民族的团结力量，奉祀祖先是后代人的本分。有村必有庙。崂山地区各村之家庙所供奉、祭祀的大都是本族的祖先。在年节或其他重大活动时，家庙是人们追思先人、继承祖先功德、传承文化人脉之所在。

---

① 上述信息来源：崂山区基督教"三自"爱国委员会。

妈祖神像

　　二是文庙。初始，文庙供奉孔圣人，后来，人们将神祇抽象化，所供奉的多为文曲星。在中国古代神话传说中，文曲星是主管文运的星宿，文章写得好而被朝廷录用为大官的人是"文曲星下凡"。中国民间传说中出现过的文曲星包括比干、范仲淹、包拯、文天祥、刘伯温等。人们到文庙祈求本族中有文曲星下凡，博得功名而名扬天下，福荫子孙后代。在崂山，很多村建有"文昌阁"，其意愿就在于此。

　　三是武庙。武庙又称武成庙，多祭祀姜太公或历代良将。明朝洪武年间，废武庙，以姜太公从祀帝王庙。至清代时，称供奉关羽的关公庙为武庙。民国时合祀关羽、岳飞的关岳庙也叫"武庙"，同"文庙"相对。崂山村庄所建之关帝庙，大都祭祀关羽。武庙又称财神庙。

四是海庙。崂山沿海各村都建有海庙，是渔民及当地村民为祈佑平安、奉祀海神而建的民间神庙，是龙王庙、妈祖庙的统称，如青岛市区、沙子口等地的天后宫，以及各沿海村庄的龙王庙，统称为海庙。

五是土地庙、山神庙。无论是山村或是渔村，除家庙外，各村几乎都建有土地庙或山神庙。顾名思义，土地爷掌司土地，山神则掌管山峦沟壑。土地庙、山神庙是人们祈求神祇保佑、赐福纳祥的庙宇。

六是送子娘娘、送子观音庙。人类以自身的繁衍生息为第一位。在崂山地区，送子娘娘是民间信仰中掌管生子的神，很多村庄建有供奉送子娘娘的庙堂。所供奉之神像皆安详端坐，怀抱娃娃。前来求子的女子摆上香果供品，拈香跪拜祷告，请求"主生娘娘"赐子于她。然后抽签以求得"吉签"，表示"主生娘娘"已愿赐子于她，即起身将事先准备好的小衣裳给"主生娘娘"怀中的娃娃穿上。一些婚后久不生育的妇女多向送子娘娘烧香求子。送子娘娘寄托着中国劳动人民对美好生活的热爱、向往和追求。

毫无疑问，民众建庙供神的初衷，就是祈求国泰民安，人心向善，团结友爱，和睦相处，相互扶持，百业兴旺。

神话传说

中国的神话故事很多，比较著名的有《伏羲出世》《夸父追日》《精卫填海》《女娲补天》《后羿射日》《哪吒闹海》《盘古开天》《女娲造人》《仓颉造字》，等等。崂山的神话故事、民间传说数不胜数。

《崂山民间故事全集》①是一部煌煌宏编，仅在这部全集中就收录了 1200 余篇崂山民间故事，计 320 余万字。

浮山庙的传说

浮山庙亦称朝阳观（也称朝阳庵），又名九峰寺、全圣观、潮海观，坐落于九峰山南麓，自东汉建立以来，僧道数易。九峰山方圆十几里，山体不高，却挺拔峻峭，整座山脉九个山峰一字排开，因此得名九峰山。只因山海相依，峰峦兀起，云雾出岫，峰接云霄，如在海上观瞻，那山仿佛浮在海上的一座仙岛，因此又名浮山。就在那险峰下，于虬松苍柏中显现出一座寺庙，这便是闻名遐迩的浮山庙了。只见东西南北，数幢殿堂，一色的青石、青砖、绛紫色琉璃瓦，好一派佛家净地，道家气象。有人称颂道：于朝阳观俯瞰大海，只见白帆点点，水天一色；近处是炊烟袅袅的山庄渔村，远处是一望无际的大海；于大海中看九峰山，仙山浮水，山峰兀起，直插云霄；于晨钟暮鼓中亲近九峰山，怪石嶙峋，古木参天，云裹雾绕，仿佛仙家瑶池；更兼山上林木蓊郁，丛林聚英，祥云缭绕，一派仙家之气。香火旺盛时，方圆百里之善男信女，趋之若鹜，香火与瑞云相绕，钟声伴海涛齐鸣，民众谓之神圣之地。

传说，这朝阳观在几易其主后，又恢复到了最早时的名字——浮山庙，香火鼎盛时，庙里有僧众近百。然而，每每让主持懊恼的是，庙里的僧人总是过不得一百这个劫数，一旦僧人到了一百个，要么是出走一个挂单游方，要么就要死去一个。这主持是一位得道高僧，却也解不

---

① 张崇纲编，中国海洋大学出版社，1993 年版。

了这个劫数。

这年夏季的一天，天气晴朗，主持信步来到庙门前，但见大海如镜，碧波微澜，海面上渔舟点点；远处，几艘商船正缓缓航行。

忽然，主持心生不快，嘴上念叨说："出门在外，行走江湖，又是水上营生，理应见庙拜佛，遇观烧香。这等人不懂为生之道，今日被咱撞见，该当给尔等点拨一下，也好叫尔等知趣，懂得个礼数！"

当下，主持回到大殿，让和尚铺下一张新炕席，命众僧诵经，自己则坐在席上开始打坐念咒，然后断喝一声："解来！"

主持嘴里念念有词，一边动手拆那炕席："一片、两片、三五片，片片去谒阎罗面……"

煞是作怪。就在庙里主持手下的炕席一片片地拆散开来的时候，那航行在大海中的一艘货船却莫名其妙地如中了魔法一般散下架来，一时船碎货散，船板随流漂去。船主大惊失色，慌忙招呼师爷。

师爷瞭望一番四周的景象，放眼望去，正北方向浮起一座仙山，却见那山祥云缭绕，山峰兀起，直插云霄，心中陡然一惊，又静下心来掐指一算，再一次放眼细细观察，便对主人说："这就是了，看到那山上林中掩映下的寺庙了么，定然是那里有人作怪。吾等只好上山拜佛了！"

不一时，船主一行数人乘坐小舟靠岸上山。入得庙来，僧俗坐定品茗。船家只说路过，闻名拜佛。主持微施一礼，口诵佛号，狡黠一笑。闲谈中，船家的师爷说："敢问方丈大德，宝寺里是否人不过百？"

朝阳庵文保碑

朝阳庵遗址

朝阳庵遗址地基

主持一听，大惊失色，晓得遇见了高人，这时也不避讳，随口一声"苦啊"，便对前来拜佛的人说了庙中僧众的情况，然后问："施主可否解我困苦？"

师爷说："其实这也不难。宝寺的后面应有一洞，洞里应有九十九个鹅卵石，此为定数。如果方丈把那九十九个鹅卵石扔掉，此数可解。方丈欲兴佛事，三天后正是黄道吉日。"

主持如梦方醒，不由大喜，欲重赏远方来客，却被婉言谢绝。第四天，庙中主持便如来人指点，开挖山洞。果如船家师爷所言，从洞中挖出九十九个鹅卵石，被众僧一个个扔入崖下林中。然而，让人意想不到的是，自此之后，庙里的和尚只减不增，不是病死，就是游方而去。

更有奇怪之事，庙中原本两棵一雌一雄的白果树也在此后突遭雷殛，其中一棵被击起火，枯萎而亡。不上三年，就只剩下一座空庙了。再后来，庙又变成了观。

——《山东头村村志》线装书局，2020 年 12 月出版。

浮山的传说

在崂山西南的海边上，有一座九顶石头山，名叫"浮山"。提起浮山的名字来，里面还有一段美妙的故事呢。

相传白云仙长有回在蓬莱仙岛牡丹盛开时，邀请八仙共襄盛举，回程时铁拐李建议不搭船而各自想办法渡海，就是后来"八仙过海、各显神通"或"八仙过海、各凭本事"的起源。后来，人们把这个典故用来比喻那些依靠自己的特殊能力而创造奇迹的事。而在崂山地区则流传着八仙过海的另外一个故事。

传说，有一年八仙一行，在崂山南头的八仙墩下聚会，商议渡海东游的事情。神头张果老第一个开口道："别的事都好操办，就是这渡海东游看光景，有只彩色小船坐着才像那么回事。可在这没有人烟的地方，上哪儿去弄那彩船呢！"

这时，顶年轻的蓝采和，马上笑嘻嘻地手提百花篮，从石墩上站起来道："张老，这事不用犯愁，包在俺身上！"说着，口中念念有词地说："百花篮，百花篮，给俺变只五彩船。"随后，把手中的花篮朝大海一撩，那花篮在浪尖上跳了一个高，往下一沉，就变成一条有着八个高大座位的又宽又长的五色彩船，彩船两头还各站着一个头扎鬓髻的小仙童呢！

众仙见了，一个个喜笑颜开地从石墩上站起来，迈步登上彩船，坐在自己的座位上。

蓝采和见众师兄都上船坐稳当了，说声："拔锚开船喽！"话音一落，那彩船顺着一阵仙风，鬼使神差地朝着东海飞快地驶去了。众仙在彩船上坐着，眼望这茫茫大海的千顷波浪，耳听那海上呼呼的万里海风，心想，不用多长工夫就会到海中的仙山琼阁大饱眼福了。想到这里，一个个乐滋滋地展示出身上的宝器，演开了自己的拿手好戏。

只见张果老敲起了渔鼓唱起了歌；曹国舅绾起袖子，有板有眼地打起了阴阳板；韩湘子抿抿嘴唇拿起了箫，吹起了神仙小调；吕洞宾取下剑鞘，舞起了仙人剑；铁拐李擎起了手中的宝葫芦，耍开了千奇百怪的魔术；何仙姑手拿荷花，钟汉离手攥芭蕉扇在鼓、板、箫声中，跳起了仙人舞……

船在行，乐在奏，歌在唱，舞在跳，剑在耍……那欢乐热闹劲儿甭提了。真真是：听一听，阳寿增；看一看，五福全……

正当八仙在彩船上欢欢乐乐又歌又舞，滋滋悠悠渡海东游的时候，东海龙王在龙宫宝座听巡海夜叉回来奏道："大王，大王！八仙一行不经通报，竟然自作主张，乘着老大的彩船过海东游了！"

这一报不要紧，可把龙王气炸了肺。只见他：龙脸一直巴，气成了个紫茄子；血盆大口一张，满着鼓手嗓子喊开了："地有地皇，海有海王，他们竟然欺负到俺堂堂龙王的大门上来了。小的们，快快披挂起来，随俺出征去！"

一霎间，龙王和他的虾兵蟹将们便披挂整齐，带着狂风，掀着恶浪，从四面八方一齐冒出海面，一古脑儿地朝八仙坐的彩船扑去。那虾兵伸出一杆杆尖枪，朝着彩船狠命地刺；那蟹将展开一把把紫钳子，朝着彩船的船头、船尾一个劲地夹；数着鳌帅的力气大，只见它伸着长长尖尖的三角头，对着彩船底"砰""砰"撞了两头，这一下可糟了，把个好端端、漂漂亮亮的大彩船的船底，捅上了两个水瓮来粗的大窟窿，那海水窜浪头，打着"咕嘟"，像开了锅的水一样，直个劲地往舱里灌。眨眼工夫，那彩船便沉下了半边。

东海龙王的这一招，给八仙们一个措手不及。当八仙从如痴如醉的欢乐中清醒过来时，彩船已被钻破，龙王和他的虾兵蟹将已经冲到跟前。众仙只好随机应变，弃船腾空：韩湘子一挥竹箫变成了一支六棱钢戟，朝着虾兵猛砸；吕洞宾擎着长剑，由舞姿改为杀式，朝着蟹将猛砍；曹国舅把阴阳板一晃，变成两把飞刀，直刺鳖帅脖梗子；铁拐李的拐棍一抡，变成一把龙头多股叉，何仙姑一舞红荷花，变成一把流星锤，两人一齐朝东海龙王的头顶又刺又砸……没等三阵两火，就把东海龙王和他的虾兵蟹将打了个丢盔卸甲，窜回龙宫去了。

东海龙王的行径激怒了八仙，众仙杀红了眼，一个个寸步不让，一直打到龙宫门口。他们抬头一看，龙宫大门紧紧关闭着。何仙姑和铁拐李手举流星锤和多段钢叉走上去"咚咚""砰砰"再三下，把白玉宫门砸了个四缕八半。铁拐李还不解恨，从肩头上扳过葫芦，口里"呼啦啦"一声，喷出一股又粗又旺的神火，直朝宫门扑去。霎时，龙宫里外变成了一片火海。那神火把龙王、龙母、龙子、龙孙、虾兵蟹将烧得躲没场躲，藏没处藏，唧哇喊叫，有皮没毛……

张果老看了，立时心慈手软，走过来，一边扶正铁拐李的宝葫芦，又给盖上盖子道："众仙兄且息怒，解解气就行了，咱们还是渡海东游要紧，不要和他们一般见识！"

众仙听后，也就收起法宝，跟上张果老，驾起祥云腾空而去了。

再说，蓝采和使花竹篮变成的那只彩船，被鳖帅撞上两个大窟窿后，灌进了半船水，被大风大浪三推两推，推到海边的沙滩上便搁了浅。年深日久，那彩船便化作一座高大秀丽的山峰。彩船上的八个仙座和那只花篮变成了九座并排的山峰；花篮中的百花，在这山上年年盛开，青松翠竹在这山上四季常青，鸟儿在山上歌唱，蝶儿在花中飞舞，满山风光秀美，好似仙境一般。

只因这山是从海中飘浮而来，当地人便起名叫它"浮山"，又名"九峰山"。

观音菩萨像的来历

在浮山东麓之山东头北山，矗立着一座栩栩如生的观音菩萨像，历来为当地民众所顶礼膜拜。关于她的传说，众说纷纭，莫衷一是。现将传说中较趋一致者，归纳一二记之。

很久以前，本无浮山、午山，只有高而傍海的崂山矗立于海上，广为流传的一句古语说："泰山虽云高，不如东海崂。"说的是崂山的突起兀立与险峻。然其崂山以西之大江口的海面直与外海相通，沙滩之上，便是平缓而一望无际的平川。每当夏秋季节，海风肆虐，海水泛滥，风催浪高，浪奔涛涌，袭卷平川而来，川原尽成泽国。众生不堪其苦，却又无可奈何。

且说人间的悲苦，早被天庭知悉，反复找东海龙王诘问。然东海龙王也有其苦处，辩称：水族各部族连年纷争不断，尤其是近些年，发现崂山西部浅海近岸处风平浪静，沙滩细缓，且风光旖旎，是一个练兵娱乐的好去处，各族都想划归自己的势力范围。更无奈其各部族少年子弟将这一去处视作玩耍嬉戏的好水场，虽龙宫三令五申不得搅扰陆上众生，却终不得安定。奈何！奈何！

此一年，又有下界众生赴天庭苦诉：海上水族连年

山东头观音石像

闹腾不休，彼岸浪涛过处，万物凋蔽已到极点，如不加整治，恐众生难以维系复存。

玉帝沉思良久，无以计使。此时，自古有"帝师"称号的太上老君出计道：此事不能不管，然亦不可以武力使之，否则，恐愈添纷乱，当今之计唯有请南海观音出面教化调停才是。玉帝点头称是。

南海观音菩萨早已洞悉此事，要永久解决下界之难，得寻一个助手，方可达到一劳永逸之功效。崂山之滨如此闹腾，便只好请清净喜佛到此清净一番了。菩萨一念及此，也不去天庭，念动妙法，请来清净喜佛，便一起往崂山而来。

观音并清净喜来到崂山一望，果见一个好去处，心中欢喜。灵犀一通，各自施展法力。刹那间，飞来两峰，一峰降东，一峰落西，稳稳矗立于崂山脚下。清净喜佛点头称是，一挥手，又引来众峰，撒于海中；菩萨微微一笑，将手一指，东峰脚下的浅海中便飞降一尊石像。

见布局完毕，观音菩萨与清净喜佛微微点头示意，准备离去。就在此时，不想东海龙王已经来到面前，躬身就是一礼。还没等龙王说话，菩萨微微一笑说：东海龙王来得正好，我二人受玉帝之命，已经替你东海布好了局，此二山坐镇江口，造福陆地苍生，东山之下石像守望出入之民众，海中群岛护卫过往行船，你可告之众水族，今后凡法众之处不可造次。东海龙王欲再为水族分辩一二，观音菩萨与清净喜佛已驾起祥云而去。

只因西面飞来的山峰如同漂浮在海上，后来人们便称其为浮山；而当两山飞来之时又恰值中午，东边的山峰便被称作午山；午山脚下的石像，人们称它为石老人；海中外围撒落的群岛分别是潮连岛（当地渔民称其为沧岛）、大公岛、小屿（又称小公岛、车姑岛），靠近岸边的两座小岛分别叫赤岛、麦岛。

午山呈南北走向，浮山则是东西走向，暗示"法责天下，东西南北，水陆法定"之意，不可肆意妄为。

为了保护当地永久的平安，观音菩萨在山的东头留下了自己的化身，即今日山东头北山的观音菩萨石像。

观音菩萨化身面向东南大海，庄严肃穆，端庄安详，栩栩如生；那清净喜佛也在午山南麓留下了化身，即石老人东山峰巅上的巨身佛像。清净喜佛化身倚高山之巅，面目祥和，居高临下，注视着脚下芸芸众生。从此，海边平稳下来，原本波涛汹涌的大江口，变成了湿润而肥沃的大泽口。一方水土，百姓安居乐业，苍生和美共生，真正是"谷水潺潺，木落翩翩"，成为"千难万难不离崂山"的一方乐土。

——《山东头村村志》线装书局，2020 年 12 月出版。

僧道之争[①]

要说崂山地区的僧道之争就离不开一个人，那便是明代有名的高僧德清。德清生于（1546），卒于（1623），字澄印，号憨山，俗姓蔡，安徽全椒人，9 岁时，其母即将其送于寺中读书，有"入目能诵，过目不忘"之称。德清在 10 岁时明确表示，自己一生不愿为官，在与母亲对答时，曾有"可惜一生辛苦到头罢休"之叹。并在 12 岁时遁入空门，削发于金陵古报恩寺，潜心研读佛经诸书，至 17 岁时，已学有所成。在他 26 岁时，为了进一步丰富自己的知识，便离寺远行，先后到过庐山、吉安、青原等地。在北台时，见有一山，伟岸清逸，出而不俗，心中非常喜欢。当地人称此山为"憨山"，从此德清以憨山为号。明万历五年（1577），憨山德清转道来到北京，遇到了当时名扬四海的高僧云栖袾宏，两人一见如故。是年，正

---

① 下文摘编自青岛市史志办《崂山志丛》第二辑《崂山历史上的僧道之争（1895 年 5 月刊）》，作者段孝先。编者注。

值笃信佛教的慈圣皇太后选僧诵经。此时德清在北京已颇负名气，因此被选为诵经高僧。在诵经的同时，德清写有一部《大方广佛华严经》。太后听说之后，转赐金纸，让其书写经书。当年，书成之后，德清离开北京去了五台山。由此开始，德清与明王朝的实际主宰者便挂上了钩，在以后的诸多佛事中，圣太后多倚重憨山，使之成为当时的通天人物。

佛经注："那罗延出自东军国。"万历十一年（1583）四月，憨山德清为寻访那罗延从五台山来到崂山。此时的德清佛法造诣更深，名声更大，在五台山集徒讲学时，每日听众达万人，就连慈圣皇太后为神宗求嗣也要亲自上五台山找憨山，并且将一切佛事尽交他处理，可见其名望之高。

憨山初到崂山时，居华严寺（今天崂山华严寺西山上）之西的那罗延窟。该窟不过一石洞而已。憨山在这里过的是日眺大荒，空翠湿衣，独立高楼，看无数昏鸦送夕阳的日子，这与他在五台山时高高在上，一呼百应的光景相去甚远。万历十三年（1585），憨山又将修行之所挪至崂山东南角处的下清宫（太清宫），初于树下掩片席为居，7个月后，当地人张大心为其建造茅屋而居。憨山这种清苦的生活传到京城，为太后所知，于是感动圣心，赐金三千为建庵之资。

憨山不愧为有德高僧。一来，他的用心是宣扬大法，而为此不惜费尽心力在当时的道教胜地太清宫旁建座小庙。憨山在《建海印寺上顺翁胡太宰书》中称："今择山之东南极尽处，有一美地，名下宫。观其形势，背负鳌山，面吞沧海，中藏一庵，屋庐虽毁，基址犹存……诚为幽栖之地也，鄙人颇惬意于此。"二来，时值崂山大饥，民不聊生，憨山自忧，"山野之民，不知僧为何物，易轻蔑而虐之"，此时大兴土木，只能惹动民怨；三来，除了为民着想，也要为自己在朝廷买个好名声。有鉴于此，憨山散金赈民。果然，上大悦，民感恩。这与当时"不但不能守基业，反而举地以售，寄人篱下而寄宿寺中"的太清宫道士耿义兰，可谓天壤之别。耿义兰出售道观土地后，过着寄人篱下、饱受诟辱的生活，不堪羞辱之下，以"鸣鸠逐鹊"相要挟，向憨山索要金钱，憨山哪吃他这一套，两人恶语相向。耿义兰恼羞成怒，遂打起了官司。

万历十七年（1589），耿义兰将憨山告到了山东巡抚衙门，巡抚批讼于其本府——莱州府。然而，以当时憨山之势力，耿义兰的告状非但未获准，反而遭杖责并被治罪。万历十八年（1590），贾性全等道士又数次上告，仍均未获准，并以诬告而被治罪。此时，耿义兰等道众益发大怒，发誓要报灭门之仇，指着宫门詈骂道："你秃覆楚，予将效秦庭七日哭而覆尔也！"

有道是，君子报仇十年不晚。5年后的万历二十三年，也就是公元1595年，到明王朝京城北京上告的耿义兰住进了京西的白云观。白云观是北京最大的道教建筑，自元初北七真之一的邱处机逝于此后，为天下第一道教丛林。当时的白云观主持名叫王常月，恰与明神宗的宠妃郑贵妃交往甚厚。郑贵妃，顺天大兴人，万历初年进宫，万历十四年（1586）为神宗生皇三子常洵而封为贵妃。耿义兰通过王常月与郑贵妃这条渠道将他的控疏呈到了神宗面前。由于明神宗与母后慈圣皇太后因国本之争怨恨太深，耿道士的控疏正好给了郑贵妃与明神宗一支及时的射向太后之暗箭。耿义兰在他的《控疏》洋洋千言中就有"交通内侍，私冒皇亲，诈称敕旨，结党谋逆，霸占道产，殴毙人命，涂炭百姓，结交官府，私囤粮草"，等等。神宗于上疏御批说：既然已经屡屡控告于巡抚，理应亲自审查并据实具奏，为何压到现在？官宦结党支持妖僧害道殃民，是何情形、何弊端？着刑部将经书官员并一干人犯提审，并下谕逮憨山进京问罪，毁寺复宫。可怜憨山和尚费时四五年、耗资巨万而建造的"海印寺"毁于一旦。此后的万历二十八年（1600），太清宫复建告成。而被发配充军后的憨山德清，却在雷州过着凄苦的生活，一呆就是近 20 年，一直到万历四十二年（1614）慈圣皇太后归天才得以赦还。传说遇赦后的德清虽然已近古稀，仍重新穿上了僧服，漫游江浙两湖一带，最后回到曹溪宝林寺潜心著述，并主张佛、道、儒三教合一，对佛教的研究发展做出了一定的贡献，直至明天启三年（1623）去世。

民道之争

复建后的太清宫身价倍增，成为有官符护身的地方一霸。万历二十八年（1600），虽有即墨县令"躬诣察勘得地一顷二十七亩有奇""准令永不起科"，但到了万历三十一年（1633），其土地已扩至东到张仙塔，西至八水河，南接大海，北达分水河，并立有很多界石。太清宫香火愈盛，名声益振，在官府的保护怂恿下，就越是肆意偷移界石，并且明目张胆地霸占民山。到了清同治末年，太清宫山场已经扩展到八水河以西的大平岚、小平岚、鲍鱼岛等处，且豢养爪牙，昼夜巡山。其中一白姓道士尤其凶悍，常常手持长矛威胁打骂山民。这年秋天，沙子口村的一村民上山拾草，又落在正在巡山的白道士手中，不问青红皂白就遭其一顿暴打，结果被打得卧病不起。这件事引起了山民的无比愤慨，山民们长期以来所压抑的怒火一下子激发出来。人们在纷纷向地方政府哭诉其困苦的同时，也结伙向被当地人称作侠士的钟成聪诉说了道士们的暴行。

钟成聪，字万春，崂西钟家沟村人，兄弟四人，在家排行居首，时年 25 岁，其祖曾官居侍郎。钟成聪家境贫困，虽然他居住的钟家沟村位于离沙子口约十多里的山道上，但迫于生计，也不得不时常到大、小平岚一带拾草砍柴，因此对这一带的情况包括山民们非常熟悉，加之其为人慷慨仗义，好结交朋友，喜解人危难，深为周围山民特别是年轻人所推崇。对太清宫道士们的暴行，他本来就压着一肚子火气，听到民众的苦诉后，不由得剑眉倒竖，怒火中烧。此后两天，他联络附近的午山村民王明广、马鞍子村妇女李月英等一干有胆识之士，共商伐山事宜。看看众人皆有响应之意，钟成聪又召开了一个举事的领头会议。在这个会议上，钟成聪因其高大魁梧，加之能言善辩、足智多谋，所陈述的伐山计策深为众人赞赏，便被推为此次伐山首领。当即，参加议事的各村领头，议定回村发动民众，约定数日后举事。

这是深秋的一天上午，数千民众齐集段家埠、董家埠一带，钟成聪站在山坡上，简单地进行了伐山宣言。他历数太清宫的侵占霸道行径，陈述了自太清宫霸占山民山场以来给山民生活带来的艰难困苦，号令沿线村民行动起来，维护家业，保卫本应属于自己的权利。他的讲话赢得了山民们山呼海啸般的回应。接着，钟成聪带领数千民众浩浩荡荡奔赴太清宫，索还民山。这一情况，早已被巡山道士报告给了宫中的道士，道长深知众怒难犯，闻讯逃之夭夭。在此之前，颇有指挥才能的钟成聪便对此次行动约法三章：勿毁庙宇，勿毁神像，勿取家什，仅将宫中粮食布匹等物当众分给缺衣少粮之人。民众涌进宫内，分散粮食、布匹后，便有组织地迅速撤离。紧接着，伐山民众于第二天进一步扩大战果，进山砍伐被强占的树木，而对原本不属于山民的山林树木则尽量避开。此举赢得了南至崂山、北至即墨整个地区百姓的叫好。

第十三章　民艺拾趣

审美风俗在民间比比皆是，在生产、生活中，于无声处，将游戏、娱乐融于日常生产和生活中，人类文化亦在游戏与娱乐中得以进化与延伸。过去，物质匮乏，民众生活水平低下，业余文化娱乐生活十分单调，人们经过长时间的琢磨研究，并从生产、生活中受到启发，自创出了许多民间游戏。这些游戏花样、内容丰富，玩法简单，多就地取材，自制工具，有些简单的游戏甚至空手就可以做，一只白菜疙瘩、一条丝线就是一场游戏。玩时，一个人也可，二三个人也有，但更多的是集体参与。这些游戏趣味性强，竞技方式灵活，可随时随地进行，是儿童玩耍，成人消除农作劳乏、消磨农闲时光的娱乐方式。

游戏娱乐

将军宝

俗称"剪子包袱锤"或"石头剪子布"，是一种简易猜拳法，多两个人一起玩，也有三个人一起玩的情况。通常用于其他游戏开始前决出团队划分及竞赛顺序。猜拳时，拳头握紧代表锤子，中、食指直伸为剪子，五指齐伸展、手掌摊平为包袱。出拳前，双方或多方齐喊"剪子包袱锤"或"石头剪子布"，喊号落声之时亮拳。比胜负的方法是：剪子（剪）赢包袱，包袱（包）赢锤子，锤子（锤）赢剪子。此游戏极具生命力，至今仍流行于儿童甚至成年人游戏中，并已成为一种简便易行的社会小游戏深入人们的日常生活，通常遇事人人占先相持不下时，用此定夺。后又演绎出用脚进行的版本。如冬天天寒不愿伸出手来，便站在原地将双腿叉开为包袱，双脚一前一后为剪子，双脚合并为锤子，亦别有生趣。

手心手背

常用于分组或比赛前决定比赛顺序，功能与"将军宝"类似，多为四、六、八人分组，手心或手背相同者为一组。

过家家

一种儿童模仿成年人的游戏。一人或多人皆可进行。多人进行游戏时最为热闹，按照年龄、性别，分别扮演父亲、母亲、兄妹等角色，并模仿做饭、洗衣、"抱娃娃"等居家过日子情景，或下地种瓜、种豆、耕田等农作活动的场景。游戏者往往表演认真，俨然与真实生活无二，且稚气十足，令人忍俊不禁。

打鼻子眼儿

多为二人进行。游戏时，先用"将军宝"或"手心手背"等决定打与被打者顺序，然后开始游戏：打者握住被打者一只手，眼睛注视着被打者的眼睛，另一只手拍打被打者手心，突然发声"鼻子、眼、耳朵、眉毛、嘴巴"等；此时，被打者的一只手被对方握住，另一只手的食指指着自己的鼻子，听到打方的发令后，匆忙将指向自己鼻子的手指前往对号，如果错了，就算输了，还要继续被打，如果指令对了，对方算输。无论指令对与错，二人往往爆发出开心的笑声。

丢手绢

须多人进行游戏围圈而坐。游戏进行时，其中一人手持手绢，从众人身后线圈状绕行，在走或跑的过程中，趁人不注意，悄悄将手绢丢在其中一人的背后。如果被丢手绢者发现，丢手绢的人就算输，被丢手绢者站起身来追丢手绢者，丢手绢者便坐到被丢手绢者的位置上，被丢手绢者成为新的丢手绢人，继续走或跑着丢手绢。如果被人将手绢丢在背后而无所发现，等丢手绢的人回转一圈后，便将手绢捡起，送到他的面前，此时，被丢手绢者需站到圈内表演一个节目，或唱或演。此时，众儿童齐唱歌谣："丢，丢手绢，悄悄放在你后面，大家不要打电话，快点快点抓住他……"，然后继续丢手绢。

捉迷藏

俗称"藏猫儿"。一方藏，另一方找，一般为多人游戏，二人以上即可进行。选出一名找人者，闭眼背向大家或面朝墙壁站立，不得偷看，嘴里同时大声数数："一、二、三……"藏者须在规定的时间内（一般在找人者数数结束后，多为 30 秒之内）找一个角落隐藏好，找人者喊完数后，便开始搜寻所有的隐藏者。被找到的任意一名隐藏者，成为下一轮游戏的找人者。如此反复进行，直到大家玩够。

摸黑儿

为"瞎子摸象"游戏的演绎。即在一限定的空间内画一圆圈,所有人不得超出圈外活动。先以"将军宝"或"手心手背"等决出一名"摸黑儿"者,用布条等物为其蒙上双眼,充当"瞎子"去捉其他人,被摸到者即成为下一位"瞎子",轮流进行。在"瞎子"摸人时,其他人惊慌逃窜,叫闹声、欢笑声此起彼伏。此游戏条件简单,不受场地、人数的限制,有助于少年儿童练习听力及在黑暗中活动的能力。

打瓦

又称"打兔子神""打捞"等,在 20 世纪二三十年代出现,六十年代盛行。"瓦"即为游戏用的瓦片,手掌大小,多以废旧屋瓦的碎片做成。"打瓦"即用"瓦"掷抛击打(有时用薄石片代替),并规定有一系列规范动作,在院落、平地或街道上进行。可两人游戏,也可多人分两帮进行。游戏开始前,须先在平地上画出两条相隔 4~5 米的平行线。猜拳赢的一方先打,打者手执瓦片,站在线外,准备开战;被打的一方则须先将自己的瓦片在线上一一支好迎战。之后,按每一轮的游戏规则交替轮流进行。打瓦的第一个环节叫"锵钛",即站在线外直接抛瓦相击,待打倒对方的瓦后,进入"一步代""二步代""三撺疤""四鼻子""五蹶""六扒""七拜年""八骗马""九鞠躬""十后仰",共 11 个环节。

撺背狗

为少儿游戏，亦可称之为玩具。一般在夏秋季节玩此游戏。用泥巴造一个基座，找一个刺槐或酸枣棘刺安放在基座顶端，棘刺上面安放一条小横杆（一般由高粱细杆做成，或找其他细杆充当），横杆的两头各做一个泥巴圆球，平衡置于棘刺上；或在横杆的两头用线下垂拴住泥蛋，待平衡后，即可拨动任意一球，让其转动起来，口中念念有词："背狗、背狗撺背狗，背狗撺上咬一口。"因其两"背狗"处在平行线上，如何撺得上，因此为幼儿们所惊奇和喜爱。如果两个以上儿童一起玩此游戏，则看谁做的背狗转得既平稳、更快且时间更长。

打秋千

打秋千为世俗的节令活动。每年清明节全村在各大街上用粗壮的竹竿数根，交叉固定成两个架子，再用一根竹竿作横梁，将两个架子在上端连接起来。横梁上串上特制的藤条圈（后用铁环，即挂子），用绳索将两个挂子连接起来，绳索中间串一块板做托板，秋千就算搭成。这样的秋千崂山各村在清明节要搭建数个。清明节这一天青壮年要到街上打秋千，也是青年男子展示个人魅力的时候。打秋千分单人和双人，也可同时三人打。清明第二天俗称"开明日"，也是出嫁的闺女回娘家的日子，这时家里的嫂子、小姑及姐妹都可上街打秋千。女人多由一个男子带着打，秋千打到一定的高度是有危险的，个别女人晕秋千，出现头晕、恶心，易出危险。20 世纪 70 年代以后，该项活动逐渐减少。到 80 年代，大型秋千几乎绝迹，在清明节到来之际，有小孩的人家，有的在自家的大门门框上，用绳子拴一个简易的秋千，或在房前屋后的两棵树木中间

秋千

做一个简易秋千，也可尽兴。

打棋摆

是由两人至四人玩耍的游戏。将象棋的 32 颗棋子洗牌，如三人玩，拿出一兵一卒，用 30 颗子，将要玩的棋子两个一摆，摆好成一排，参与者每人摸一颗牌，或按大小决定先后抓牌。按将一、车二、炮三、马四、士五、相六、兵七、卒八之顺序为大小，按个、对或仨等出牌，最后手中棋子数多者为胜。

弹杏核

每年农历五月杏子上市，吃剩的杏核便成了孩童们多种玩法的娱乐工具。其中之一是坐庄者在平地上画一个 20 厘米左右的方框，在方框里分出 5 个格，每个格里写上数字，在离方框 2 米左右的地方划一道横线，两旁划上两条斜线（如图所示），先开始游戏者将较大的一个杏核放在横线外，用拇指和食指（或中指）向方框中仔细地弹四次，第四次若弹入方框内，方框内相应的数就是赢取的杏核数。一面弹、一面念，"一大弹、二宝莲、三小鬼、四要钱"。弹出方框外和两边斜线以外的杏核归坐庄者收取。此种游戏是儿童们取乐的游戏之一。

弹杏核示意图

滚铁环

单人玩的项目。也可多人参加，比谁玩得好，跑得快、跑得远。玩具是一个直径 30 厘米左右的铁环，用一根自制的 U 型钩，推着铁环跑动，也有的在铁环上再加上几个小铁环，使其滚动时声音好听。也有人用木棍推着旧钢车圈跑动。此项游戏也可锻炼身体各部位的协调性、灵活性和柔韧性。

挤"要饭的"

据说过去小乞丐成堆的地方，因没有游戏玩具，冬天为了暖和，找一个墙角排成一溜喊着号子拥挤，被挤出者为输。这样既暖和又简单，又不用任何道具。过去冬季学校里条件差，缺少活动设施，学生下课后挤在墙边玩这种游戏，既暖和又可达到课间活动的目的。

打牌捞

是一种男性儿童的集体游戏。下的注是"牌"，一种纸烟牌或自制的纸牌。玩具是一块 10 厘米左右的方形铁板或石片，名曰"捞"。规则：先将各自下注的"牌"集中放在地上画一个 60 厘米的方框圈定，在距此五六米处画一条横线，参与者站在方框处，将自己的"捞"扔向横线外，扔在横线以内算"淹死"，以"捞"距离横线的远近决定打"牌"的先后顺序。"捞"方框中的"牌"打出便为己有，剩下的"牌"再由下家打。打"牌"人在"捞"出手时必须口中喊"要牌"方能算数。如果后打者要击中前面伙伴的"捞"就喊"要捞"，被打中者就算"死了"，失去参赛资格。如果能将"牌""捞"一齐打中，便可一举两得，但需要很高的技巧。

打阎王

儿童们在街上玩的游戏。玩游戏的人数为 6 人，玩的时候找几块石头，较大的一块放在中央，其他几块较小的分别放在这块石头的左、右、前、后，再在距石头七八米的地方划一线，玩的时候，6 个人同时站在线上（如下图所示），按次序每人将手中的石瓦扔向摆好的几块石头，打中中间较大的一块石头者即为"阎王"，打中左、右、前、后几块石头的人分别为左耳、右耳、鼻子和后小辫，打完以后没有打中石头的人就是"小鬼"，"小鬼"则要挨打。打的时候，"阎王"指挥，其余四人分别拽着"小鬼"的左耳、右耳、鼻子和后边一撮头发，大家一边打，一边口中念："敲金鼓，撞金钟，问问阎王中不中？""阎王"若说不中，便再继续念，继续打，若说中便不再打（打时只是轻轻象征性地捶打）。然后再继续打石头，寻找"小鬼"挨打。

○左耳

○后小辫○阎王○鼻子　　　　　　　（玩者站立的地方）

○右耳

打阎王游戏示意图

堵湾

为夏季雨后的游戏。以前村内道路均为土路，没有下水道，下雨后从各个胡同涌出的水便沿着街两边流淌，时间长了便形成小水沟。不知从何时起，堵湾变成了村内儿童的一个游戏项目。

雨停以后，儿童们便来到街上进行堵湾游戏，即在路边小水沟中用泥和沙砌出一道"坝"，拦住从上游流淌下来的水，"坝"越高积水越多，这样下端伙伴堵起的湾变成了"无水可积"，当上端的湾所积的水达到一定量时，"湾主"会突然将"坝"扒开放水，让激流冲击下端伙伴的湾坝。如下端的"坝"被冲垮，上端的"湾主"便成了胜利者；如没有冲毁坝，则要白送人家"弹药"（烂泥），下端的"湾主"便成了胜利者，而且他还可以用上游送来的"弹药"去"攻击"他下端的湾坝。

摸白菜

是根据童谣"摸碑猜"演变成的一种儿童集体游戏"大头菜、摸白菜"。游戏规则：是通过"将军宝"决出胜者为"眼"，其他参与者面墙而立并闭上双眼，口中喊着"大头菜、摸白菜，摸摸哪里再回来"。"眼"要选一个可见而较难的目标（多选从此路过的行人或是参与者中尚未反应过来的人为目标）发出命令，其他参与者一齐奔向目标，摸目标收"家"。"眼"在这时观察摸目标者有谁违反规定，就抓谁并连打三下，最后一个收"家"的就是下一轮的"眼"。

跳房子

跳房子是女孩常年玩的游戏，玩法多样。通常用缝制的沙包或瓦片作为跳房子时的用具。用六块正方形的布互相缝接起来形似袋状，袋内装上沙，就成了沙包，可用作多种游戏的玩具。

游戏规则：在平坦的地上用粉笔或硬棍画出 2~3 米长、2 米宽的方框，框中画出格子，就是"房子"。玩者先用"将军宝"决出先后。玩时一只脚翘起，用另一只脚踢沙包，按顺序踢入"第一间""第二间"……人随后再跟着跳入，一次进行，沙包和人都不得出线，出线就被取消资格。一个程序跳完后回来，将沙包扔到第二间再从头跳。依此类推，全部跳完，玩者回到出发点，用脚尖夹起沙布袋，将其抛向房中，沙包落在第几间，这一间就属于玩者，再玩时玩者跳到这一间可落脚休息。此游戏可两人以上玩耍。

拾伍

一种简易的儿童游戏，有多种玩法，可一人玩也可几个人一起玩。玩具用小沙包或杏核及杏核大小的石子，数量一般为五个，所以称"拾伍"，也可多用一些。多人玩时，采用"将军宝"决出先后次序。参与者将抓在手中的"伍"向空中扬起，用手背接住一部分，然后抓住一个当"头"，用"头"当引子，拾"伍"的时候，先将"头"抛向空中，在"头"没落地之前，用手去拾地上的"伍"，拾到后再将"头"用手接住。按照游戏规则，拾的时候不能碰到其他"伍"。先一个一个地拾，再两个两个地拾，不断升级，每一次拾起的"伍"都放于一边，最后一下子拾起所有的"伍"，全赢了就取一个"伍"放在自己身边，再拾第二轮。如果在拾的过程中"头"或"伍"掉了就算输了，将拾"伍"的权利让给下一个人，最后看谁身边的"伍"多谁就是胜者。

翻面单

用一根 1 米左右的普通线绳，两头连接起来，撑在两手的虎口之间挽一下，再用两个中指挑起构成图形，另一个人用手去翻。翻过来后再由对方接着翻，所翻出的花样有"面条""方块""菱形""金点""鸡腚眼""驴槽"等形状，翻乱后再重新开始翻。

翻面单时，一边翻一边念念有词："翻、翻、翻，翻面单，一根小绳十八变，挑出的是面条，撑开的是饼干，翻过来翻过去，翻出个鸡腚眼儿。"

跳皮筋

女孩子玩的多人游戏。据传此种游戏是日本第一次侵占青岛时期由日本少年儿童传入。玩法多样,玩具是一根七八米长的橡皮筋,参与者用"将军宝"决出谁扯橡皮筋、谁先跳。两人扯橡皮筋两头,一人或多人在当中跳。步骤是以扯皮筋人的身体部位为准。第一步,脚面。第二步,膝盖。第三步,腰。第四步,肩。第五步,头。第六步,举手最高处。跳皮筋者由低到高每一步都完成规定的动作,一步做错或够不着皮筋,即前功尽弃,被换下去扯皮筋。跳者在跳时以右脚跳过,这时皮筋压在右脚,不掉下,然后顺次返回原来位置。如顺利通过即可进行第二步。在跳的时候口里唱着儿歌,载歌载舞,非常优美。

跳皮筋儿歌(一边跳一边口中念念有词):"猴皮筋二尺七,马兰花开二十一,二五六,二五七,二八二九三十一。"

占山为王

多为男孩子在冬闲时节玩的游戏。一般为多人进行,最少4人,多则10~30人均可,需分组。游戏时,在村内的场院,或野地、村头等空旷处选一高大土堆或坟头作为"山",两组各选一"王",两王由"将军宝"决出哪方率先占领山头。率先占领山头者带领自己的队伍在土堆、坟头上站好,游戏开始,双方对阵,开始对话:

山下王问:"谁的山?"

山上王答:"俺的山!"

山下王问:"让不让上?"

山上王答："不让上！"

于是，"山下王"对自己的士兵们一声令下："小的们，不让上，踏着梯子往上爬，冲啊！"

说罢，"山下王"带领士兵们从四面八方进攻"山头"，用尽方法、拼尽力气攻上"山"来，欲挤走"山"上的"王"及其士兵。此时，另一方则全力将来犯的"敌人"往山下赶。战斗继续，直到"山"下"王"及其士兵冲上"山顶"，全部占领"山头"，自己当上了"山"上"王"，一个回合结束。"山头"易主之后，下一轮"战斗"重新开始，如此反复，直到双方"杀"得天昏地暗、精疲力尽方才收兵。

选择一个土丘或沙包为"山"，领一群小伙伴"占山为王"，释放一段少年之豪情壮志，计与谋，拼与杀，斗争与策略，尽显其中，将友情与"实战"完美结合，在打闹嬉戏中提高团队协同能力，是为崂山少年最喜欢的游戏之一。

打茧儿

一般为两人游戏，每人各执一"茧"一"板"，"茧"由手指粗的 5~7 厘米长圆木削成，两头削成斜面，便于击打；"板"一般为 0.5 米长、宽约 2 厘米的木板。用"板"击打"茧"一端翘起的尖头，在"茧"弹跳到上空的瞬间，再以木板迅速击打"茧"，将"茧"打飞出去，并以"茧"被打飞的长短距离论输赢。

摔泥碗

此游戏流行于男孩之中，偶有女孩亦参与其中，一般于夏季或初秋时进行此游戏。为多人游戏，也可一个人玩耍。玩时，每人挖取粘性的湿泥巴，如揉面一般，将其揉制成拳头大小的钹形或钵形泥碗，用泥越黏越好，制成的泥碗须底薄边厚，俗称"泥娃娃"。比赛时，将碗口朝上托起，然后倒扣用力摔向平硬石板。泥碗因底薄边厚，用力摔向石板时，伴随着"嘭"的一声脆响，底部因强大气流挤压而爆破，以爆破处缺损面积最大者为胜。输者须从自己的泥中或泥碗上取下适量的泥，为胜者泥碗的缺损处补好，作为"罚金"。变形破损的泥碗经重新修整、补底后，才可继续游戏。该游戏充满浓厚乡土气息，孩子们往往玩得乐此不疲，玩过之后也成为名副其实的"泥娃娃"。

弹玻璃球

也称弹琉璃儿，有多种玩法，为一人或多人游戏。较常见的是在地上挖三个小圆坑，每个小圆坑便是玻璃球到达的目的地。多人游戏时，经"将军宝"决定谁先弹出手中的玻璃球。游戏时，居后者驱赶居前者的玻璃球，不让其进坑；或直接按顺序进坑，每一轮游戏率先进入最后一个坑者为赢家，即可赢走输者的一个玻璃球。演绎玩法有弹杏核（hù）儿或弹钢球。

打弹弓

弹弓取材于质地坚硬的"丫"形树杈（或用粗铁条），用刀削去枝条表皮，反复刮擦打磨抛光，在树杈顶端安装皮耳，然后在皮耳上配强韧性的宽皮筋，两条皮筋由"厚皮堵"连接，"皮堵"包小石子（后有用钢球的）作"子弹"。攻击目标时，一手执弓，一手将皮筋用力向后拉长，瞄准目标发射。通常用于打鸟、打野兔。

弹弓力度强者可发射百米，杀伤力在 50 米以上。

在崂山，有很多善打弹弓者，且以弹弓打得好而闻名乡里。通常他们身上都带有数副弹弓，弹弓有大有小，大弹弓皮筋宽而厚，小弹弓劲力小；大一些的弹弓用于猎杀兔子、山鹰等稍大一些的猎物，小弹弓则用于打鸟。用于发射的"子弹"也不尽相同，按打击的目标而定，其技几乎百发百中。在民间传说中，很多人弹弓技艺可与善射者相媲美，但其弹弓数量、质量和技艺特点却有所差异。在很多村庄，提起善弹弓者，人们都津津乐道，皆与山区游猎生活相关。

打纸牌

俗称"打宝"或"打仓"，多为 2 人游戏，也有 3 人或 4 人游戏者。"宝"由旧纸或烟盒折叠成元宝形或正方形纸包。游戏时将"宝"扔在地上，由对手拿自己的"宝"用力砸打对方的"宝"，靠产生的风力和适当的角度把地上的"宝"铲翻个面，即可将对方的"宝"赢入自己囊中，否则将由对方"打宝"。可一砸一，单张进行，也可成摞进行。该游戏运动性强，可锻炼腕力和臂力，材料低廉易得，且不受场地限制，为男孩子所热衷。

打漂

捡拾重量较轻的薄瓦片或石片，站在海边、河边或水库、池塘岸上，手持薄片朝水面上用力"漂"出，"漂儿"飞得远、在水面上跳跃的次数多者为胜。

顶腿

又称"撞拐",一般为2人游戏,也有多人参加、相互顶腿者。双方左手搬执右腿,左脚独立,相互用屈起的右腿膝头撞击对方,以撞倒对方为胜。该游戏可锻炼身体的协调性。

掰手腕

一种2人用胳膊角力的游戏,俗称"掰手腕"。双方各将一只胳膊肘支定在一硬平面上,与对方的手掌握紧,一般由第三者当裁判,发令"一、二、三"后,双方同时用力,将对方胳膊按倒在桌面上者为胜方。

打手背

2人游戏。双方各将自己的一只手伸出摊平,上下相摞,手掌心向上的一方打,手背向上的一方被打。打人者须趁对方不防备时,迅速抽出手掌反转打向对方手背,被打者则须迅速反应,抽退躲避,使其扑空。打中者为胜,继续抽打;扑空则须交换角色。如此反复直到两人的手掌均被打得红肿方为尽兴。

棋类游戏

棋牌游戏,活动多样简易,健脑益智,在新中国成立前已广泛流行。五福棋、五棱棋是为最常见且最受欢迎的棋类游戏。新中国成立以前,赌博活动盛行,棋牌游戏常用于赌博,且种类多样,有纸牌、打骰、牌九、麻将、宝盒(押宝)等。新中国成立后,象棋、跳棋、军棋等新式棋类开始出现并逐渐流行，扑克牌也渐兴起。20 世纪 70 年代前，扑克牌主要有"打调主""斗地主""挖二十""争上游"等，70 年代初，青岛兴起"够级"打法，并逐渐流行，其博弈性强，老少皆宜，深受人们喜欢。

下五福

属民间棋类，智力性较强，童叟皆宜。棋盘为正方形，或直接在地上、石头上画出正方形的格式棋盘，由横竖各 5 条直线相交而成。两人对弈时，各取一种不同颜色的小石块为棋子，轮流布局。首先以"将军宝"或"手心手背"等方式，决出先落棋子者。先落子一方下满棋子为 13 块，另一方为 12 块。开始后，每人在交叉点上放子，棋子占满交叉点后，互相之间数出自己在棋盘上形成的规定名目多少，根据名目的多少取走对方的棋子。规定的名目如下。

1. 小斜（又称三斜）：即在棋盘上的四个斜角上用三子连成斜线，赢一子；

2. 小方：即在棋盘上用四子任意围成"口"，赢一子；

3. 四斜：即在棋盘上的斜角上用四子连成斜线，赢二子；

4. 五福：即在棋盘的横或竖用五子连成直线，赢三子；

5. 大杠（又称大棍或通天）：即在棋盘上用五子连成中间斜线，赢五子。

如果高手对弈，双方谁也没有形成上述规定的名目，也取不走对方的棋子，则各自舍弃一粒棋子，空出地方走棋。两人轮流走，走出规定的名目，便可吃掉对方相应的棋子，直到一方棋子不够，走不成规定的名目来，则弃子认输。不能在同一个地方重复同一个名目。此游戏斗智斗勇，趣味浓厚，深得群众的喜爱。

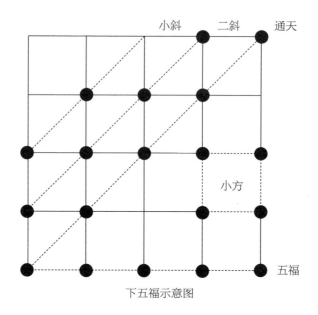

下五福示意图

五棱棋

又称"五子棋"。棋盘为正方形，由横竖五条线交叉组成，多用砖、瓦在地面或石板上就地画成。双方对弈时，各取一种不同颜色的小石子或砖、瓦、杏核等当作棋子，每个棋子一步走一格，当形成直线上的"二对一"时，则单独的棋子被吃掉，一方被吃得仅剩一子时为输者。旧时娱乐器具及项目少，此游戏就地取材，简单易行。时至今日，已发展演绎为单机、联网等电子游戏版本，玩法多样，更加易行。

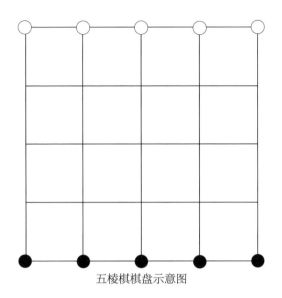

五棱棋棋盘示意图

二块
直线
黑棋

吃一块
白棋

吃一块
白棋

二块
直线
黑棋

五棱棋示意图

憋死牛儿棋

是一种简单但有趣棋类游戏。画一正方形棋盘，其中一侧画一小方框代表一口井，为死角，中间对角线交叉。双方各用不同颜色或材质的两枚棋子，轮流行棋，直到其中一方被憋死在角落即为输。

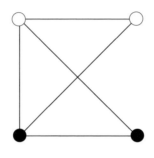

"憋死牛"棋盘示意图

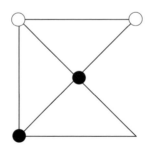

白棋无路可走，黑棋胜

光棍打锤

光棍打锤为两人游戏。画一个由两个长方条组成的"十"字形棋盘，两人各取不同颜色的棋子，在横条的两边，各自摆上四颗棋子。开局后，两人先拿各自的右二棋子退一步，开始博弈。瞅准时机，拿起自己的棋子，口中喊着"光——棍儿——打——锤儿"将对方棋子吃掉，被吃到只剩下一颗棋子者为输。

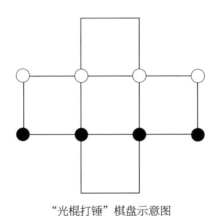

"光棍打锤"棋盘示意图

"光棍打锤"示意图

上述游戏娱乐多为少年儿童玩乐之方式方法，但也偶有成年人参与其中。游戏既适宜于少年儿童，亦适宜于成年人甚至老者。

儿童玩具

过去，儿童玩具都是自制的，多为家长或成年人为哄孩子玩耍而发明创造的。少年儿童一旦发现一种有趣的东西，便乐此不疲地加以玩耍。在很多时候，儿童玩具与游戏是相依存的，很难予以分别，玩具在于游戏，游戏在于玩具，所谓玩与具，就在于此。

捻捻转儿

用一枚方孔铜钱，中间的方孔中插进一根火柴棒，上下各露一端，用手捻动火柴棒，即可飞速旋转。

风哨

为一人游戏。找一个衣服扣子，用线穿过扣子斜对二孔，使线的两头对齐，然后将扣子移到线的中间部位，这时两手各拉住线的一端，线的长度30~50厘米不等，然后朝一个方向（向前、向后均可）用力甩动中间的扣子若干圈后，两手轻轻拉动手中的线，两端一起伸展，后松劲，一拉一收。扣子在一松一紧时飞速旋转，旋转时发出哨音，直到臂酸方歇。此游戏可在娱乐中锻炼臂力和两手的协调能力。

打陀螺

陀螺俗称"懒老婆"。形状略似海螺，一般用木头制成，大小不同。一般高6~7厘米，直径6~7厘米（也有形状不同、大小不一的陀螺），顶部为平面，上粗下细成锥体，底部镶钢珠，玩时用鞭绳将"懒老婆"缠绕，用力抽拉使其直立旋转，然后用鞭子顺其旋转方向抽打，使其加速旋转并前行。小伙伴打"懒老婆"比赛一般分两种形式，一种是猛抽几鞭子后几个人同时停手，旋转的时间久者为胜。另一种则是边走边抽，旋转着走的距离长者，即为胜者。

抽陀螺时，一边抽，嘴中一边念叨："抽抽抽，抽陀螺，抽死你这个懒老婆。"

此项活动一般在冬季玩。尤以在冰面上玩耍最为有趣，"懒老婆"旋转起来轻易不会被沙土"裁"倒，旋转的速度快而平稳，别有一番情趣。

在漫长的社会发展过程中，人们还发明了许许多多儿童玩具，如用手摇动的"吧嗒人"、用嘴吹的"卜卜叮"（一种很薄的玻璃制品，一吹一吸时鼓动作响）、用泥巴做成的"小老虎"及短小的竹笛等。

少年儿童有属于他们的玩具，成年人则有成年人的乐趣，或于游戏中寻找乐趣，或于鼓乐笙箫、歌舞戏曲中诠释自然人生。

戏曲

崂山戏曲多种多样，主要剧种有吕剧、柳腔、茂腔、梆子戏等。新中国成立后，京剧普遍流行。乡间演出的主要剧种有吕剧、京剧、茂腔等。

据旧史记载：岁时，村民终年劳作，无暇娱乐，唯于年节、端阳、中秋之时，邀聚朋辈，设酒言欢，或敲锣打鼓，或调管弦以取乐。若遇丰年，则于秋后，各家摊钱，演唱皮簧戏剧，以予庆贺。清代时期，初以梆子戏为主，后渐传入柳腔、茂腔等。以现金家岭街道山东头社区为例，其文化艺术和娱乐活动等历史悠久，早在光绪年间，村中就有梆子戏班，领班人为辛玉球，时不兴女演员，剧中的女角皆由男演员扮演，剧团不但演员班底齐整，各类戏装、道具也很齐全，乐队文武场的鼓板、操琴颇有水平。每逢正月和其他重大节日必扎台演出，或经常受邀请，出村演出，剧团闻名遐迩。

据记载，清代，崂山区较大村庄大都有自己的剧团，这些剧团农时耕田，冬闲时节排演剧目。1949 年后，尤以"文革"时期戏曲演出活跃，传统戏曲并样板戏剧目深受大众热捧。新时代以来，戏曲、民间文艺百花齐放，愈加繁荣，社区剧团、文艺团体层出不穷。

民间舞蹈

高跷

有的传说认为高跷是民间社火艺人们创造的；还有一种传说，高跷是一位御敌取胜的高将军所创。但无论是哪种传说，概括起来说，流传至今的高跷乃是一种民间舞蹈。

高跷一般以舞队的形式表演，人数十多人至数十人不等；舞者扮演某个古代神话或历史故事中的角色形象，服饰多模仿戏曲行头；一般常用的道具有扇子、手绢、木棍、刀枪等。舞队边舞边走，形成各种队形图案的"大场"和两三人表演的"小场"，角色间多男女对舞，有时边舞边唱。崂山地区高跷所使用的木跷从 30 厘米至 100 厘米高低不等。从表演风格上又分为"文跷"和"武跷"，文跷重扭踩和情节表演；武跷重炫技功夫。

高跷道具简单，但木质的选料很讲究，必须采用坚硬而有韧性的木质，如榆木，槐木等。将选好的木头加工成 4~5 尺长的木棍，木棍上扁下圆，脚踏板的设置根据高跷的高度而定，一般在 2 尺以上装设。高跷的绑腿绳一般是用布制成的，这样的绑绳既能绑紧，又不勒腿脚。过去，崂山地区以沙子口沟崖村的高跷最为闻名，2006 年，沟崖高跷入选青岛市首批非物质文化遗产名录。沟崖高跷可追溯到清光绪二十六年（1900），后又经过不断改进，在晚清年间沟崖村高跷队便闻名于四村八疃。沟崖高跷从高度上分高、中、低三种，分别叫高跷、中跷、跑跷。最高的高跷高可达 1 丈，最低的不到 2 尺。表演者均扮演各种戏剧人物，木杆绑腿，随着鼓乐的节奏列队，或走或跑，并旋转、蹦跳，技术高超者，表演时能跳过桌、凳，甚至做出跨越小木桥等惊险的动作。有的表演者诙谐幽默，常常做出不慎摔跤的动作，在不知就里者前来搀扶时，却又一跃而起，依然蹦蹦跳跳。沟崖高跷不但能跑，而且能扭能唱能跑，始终保持历史悠久的传统特点：一边跑、一边扭、一边唱。在沙子口、中韩等街道，也有出类拔萃的高跷队，但都无法与沟崖村相比。

秧歌

秧歌是中国北方地区广泛流传的极具群众性和代表性的民间舞蹈的统称，不同地区有不同称谓和风格样式。在民间，对秧歌的称谓分为两种：踩跷表演的称为"高跷秧歌"，不踩跷表演的称为"地秧歌"。

"高跷秧歌"，又称"高跷"（详见"高跷"条目）；"地秧歌"，又称"地腿子秧歌""扭秧歌""闹秧歌"，主要分布在中韩街道、金家岭、沙子口沿海一带。参加演出的人，多为农村20岁左右的农村青少年男女，每队最少20人（含锣、鼓、唢呐等主要乐器伴奏人员）。大多扮演戏曲故事中的人物，如孙悟空、白蛇、青蛇、货郎、县官等，角色外表按戏剧扮相。抗日战争和解放战争期间，在延安新秧歌运动的影响下，古老的崂山地秧歌发挥了革命战斗武器的作用。各乡镇曾编排了《送郎参军》《打万第》《婚姻自由》等新的秧歌剧，宣传革命思想，配合了革命斗争。

崂山大秧歌历史悠久，早在明清时期就活跃于城乡民间。每逢农闲、年节和庙会，特别是正月元宵节期间，各村的秧歌队便走街串巷进行流动演出，此风一直延续下来。这一民间艺术被确定为山东省青岛市崂山区区级非物质文化遗产予以保护。崂山地区的秧歌大多以"地秧歌"为主。

旱船

旱船是民间表演艺术形式之一。崂山地区的旱船，依照船的外观形状制成木架子，在船形木架周围，围缀上绘有水纹的棉布裙或是海蓝色的棉布裙。在船的上面，装饰以红绸、纸花，有的地方还装有其他装饰物。顾名思义，"旱船"，是陆地上的"船"。乘船者多为一个人，有时也有多人共同乘用一只船的。乘船者所表现的多是姑娘、媳妇，也有扮演其他人物的。跑时，一名"艄公"前头划桨引路，做出各种各样的划船动作。而乘船者在表演中，往往是走快速碎步，或做出左右摇摆或上下颠簸状，船身犹如在水面上漂动，且又是乘风破浪的前进状态，形象地塑造出水面行船的情景。

剪纸与编织

乡村文学艺术伴随着村民生活水平的发展而发展。劳动时有劳动号子，节庆或闲暇之余也有诗词歌赋；有楹联剪纸，也有戏曲曲艺；有书法绘画，也有文学创作。

剪纸

剪纸艺术是中国最古老的民间艺术之一，作为一种镂空艺术，能给人以视觉上透空的感觉和艺术享受。剪纸用剪刀将纸剪成各种各样的图案，按照用途则可分为窗花、门笺、墙花、顶棚花、灯花等。每逢过节或新婚喜庆，人们便将美丽鲜艳的剪纸贴在家中窗户、墙壁、门和灯笼上，节日的气氛也因此被烘托得更加热烈。旧时，剪纸通常是由年长妇女、姑娘们来做。在过去，剪纸几乎可以说是每个女孩所必须掌握的手工艺术，并且还被人们作为品评新娘的一个标准。

现在乡村剪纸艺术主要以传统的窗花、门笺、墙花、顶棚花、灯花等为主，大多数村庄都有心灵手巧的老人或姑娘、小媳妇热衷于剪纸艺术。20世纪60年代中期以后，剪纸艺术逐渐冷落下来，剪纸以过门贴居多，间或有窗花等其他传统剪纸。

在崂山，人们称手巧的剪纸艺人为"伎俩人"（详见后文"方言土语"篇之"伎俩"一词解释）。

崂山剪纸多取材于崂山的民间故事、传说及民俗风情，对传统的剪纸技法进行大胆丰富和创新，风格明朗轻快、古雅、纯朴，反映了崂山人民朴素的道德观念、纯真的生活情趣和幽默感。

崂山剪纸从清代咸丰年间至今已有150多年的历史，手艺人的作品多是窗花、喜字、过门贴、墙花、饽饽花等。到民国时期，在原有的基础上，又增加了鞋垫花剪纸和刺绣剪纸。从 20 世纪 60 年代开始，崂山兴起了扎顶棚的风俗，爱美的崂山人就设计出了各种顶棚花。

当今，崂山区王哥庄有一名叫苏霞的剪纸艺术家，是剪纸非物质文化遗产传承人，早年其母秦秀兰，便是王哥庄无人不知晓的"伎俩人"。苏霞耳濡目染，从六七岁起就边看边学，跟母亲学做剪窗花，且表现出了超人的艺术天赋。在母亲的传授下，经过她自身的不懈努力与探索，她的剪纸艺术日臻成熟，名扬天下。2017 年，《中国艺术报》用整版报道了苏霞剪纸艺术；2018 年，为祝贺在青岛召开的上合峰会，她创作的 16 米剪纸长卷《逐梦扬帆新丝路，美丽青岛新风貌》，被国务院新闻办及《人民日报》等数十家媒体争相报道。现在她教授的学生遍布大、中、小学及社区，达 2000 余众。

编织

编织是一项古老的技艺。编织最基本的技法，包括编辫、平纹编织、花纹编织、绞编、编帽、勒编等工艺。编辫是草编中最普遍的技法，它没有经纬之分，将麦秸、玉米皮等原料边编边搓转，编成 3~7 股的草辫，通常作为草篮、草帽、席子的半成品原料。平纹编织是草编、柳编、藤编普遍运用的技法。它以经纬为基础，按一定规律互相连续挑上（纬在经上）、压下（纬在经下），构成花纹。花纹编织是在平纹编织的基础上再加以变化，编织出链子扣、十字扣、梅花扣等花纹。绞编类似平纹编织，但结构紧密，不显露经。编帽是以呈放射状的原料互相掩压、旋转而编成圆形的帽子。勒编是柳编的常见技法。它以麻线为经，以柳条为纬，编织时将麻线和柳条勒紧，所以结构坚固，质地紧密。

在崂山，编织工艺主要有藤编、草编、柳编、麻编等类。编织工艺品的品种主要有农用品、日用品、欣赏品、家具、玩具、鞋帽等。

编匠

所谓编匠是指用藤条编织农家用具的工匠。旧时，崂山的编匠多用柳条、山间荆条作编织材料，同时，山野间也有少量野生棉槐（学名：紫穗槐），枝条可以用来编织筐、篓、粮食囤等农家用具。新中国成立后，崂山曾大量引种棉槐，多种植在地边、路边、河坝、海滩。编匠多用棉槐条编织农家用具，20世纪70年代是棉槐种植最盛时期，农家用具的编织也进入鼎盛时期。

编匠多利用业余闲暇时间编织。集体农业时期，部分大队的林业专业队也有工时用于编织。编匠虽然不是正规职业，但却是农村不可或缺的工匠之一。

织布

土织布，又名老粗布、手织布，是世代沿用的一种纯棉手工纺织品，具有浓郁的乡土气息和鲜明的地域特色，在中国纺织史上有着举足轻重的地位。旧时，山区、渔家村民纺织的均为老粗布，是一种传承久远的纯棉手工生态纺织品。崂山鲜有种植棉花的历史，只在民国时期有少数村民种植过少量棉花，以供自家土纺。20世纪60年代，曾有部分大队集体试种过棉花，虽然获得成功，但因土地数量少、经济效益不明显而被迫放弃种植。

纯棉土织布的织造工艺较为复杂，从纺线到上机织布，基本采用手工操作。其主要工序有轧花、弹花、纺线、打染、浆线、经线、作棕、吊机、织布等大小工序。旧时，村民基本采用此等工艺土纺土织，织布操作者基本为家庭妇女，所织之布也基本用于自家缝制衣被之需，少有剩余或集市出卖者。

土织布具有鲜明的文化特色，有着机织布不可比拟的诸多优越性。其工艺被列入国家级非物质文化遗产名录。

接蓑衣

蓑衣俗称"蓑约"。蓑衣是旧时人们阴雨天下地、外出活动的重要防雨工具。崂山地区曾盛产一种名叫"勒（lèi）子"的草，学名蓑衣草，其形状类似当地盛产的另一种草"蹲倒驴"。"勒子"多生长于山坡小道两旁，特点是柔韧性好、防水性强。人们在此草的成熟期初秋将其采回，放置于太阳底下晒干收藏，闲暇之余编织成蓑衣。成衣有大小两种，大的到成人膝盖以下，小的到臀部以下，为农家必备的防雨工具；披置于身时，往往是头戴六角草帽，身披蓑衣。蓑衣雨天可防雨，下地劳动休息时间又可铺在地上防潮，在上面坐卧均可。编接蓑衣者往往有一手绝活，他们将"草勒子"夹于左腋下，在闲谈中，一边行走一边编织，其编织出的蓑衣为人们所称道。

绣花边

刺绣花边是在很长的历史时期里由手工艺逐渐发展起来的。刺绣花边可分为机绣花边和手绣花边两类。机绣花边是在手绣花边的基础上发展起来的大生产花边品种。但是，花纹过于复杂、彩色较多、花回较长的花边仍非手工制作莫属，而且手绣花边比机绣更富于立体感。在我国，手绣工艺具有悠久的历史，除了家喻户晓的中国四大名绣苏绣、湘绣、蜀绣、粤绣外，还有汉绣、鲁绣、发绣、绒绣、秦绣、黎绣、沈绣，以及少数民族刺绣等卓越的技艺。

20 世纪 60 年代前，崂山各村心灵手巧的姑娘、媳妇的刺绣巧工层出不穷。她们所刺绣的品类涉及生活的许多方面，主要有：姑娘出嫁时的装束、衣被、绣鞋，平时用的手帕、围巾，生活中的荷包、桌布，甚至是丧葬用品等。

学习刺绣的目的一是从生活技能与艺术角度，一些女孩从少女时代便开始学习女红针黹，以提高自己的技能与自身价值；二是出于生活所需，女人有了女红针黹的技艺，便有了持家从业的本领；三是为了在社会、家庭中的地位，女红针黹是过去女人必须熟练掌握的技巧。在刺绣技艺上，很多村庄历代都出现过出类拔萃的人物。一些心灵手巧的姑娘、媳妇甚至以此为业，成为支撑家庭经济的顶梁柱。因历史久远，此方面出色的人物已无从查考。新中国成立后，随着缝纫机的发展，手工刺绣逐步被机绣所替代。在计划经济时期，各村仍出现了一批心灵手巧的姑娘和家庭妇女。

第十四章 方言土语

腔调指音乐、戏曲、歌曲等的调子及说话的声音、语气。崂山方言属于汉语北方的胶东官话，胶东即墨方言片区的崂山话，又称"即墨南乡"话；即墨方言是青岛方言的基础，而即墨南乡的崂山话又受近代青岛市区方言的影响，形成独具特色的语音、语调、语法和词汇，总体特点是后音重。

在即墨方言中有许多词汇的字音韵母因卷舌动作而发生音变现象，这种现象就叫做儿化。儿化的韵母就叫"儿化韵"，其标志是在韵母后面加上 r。儿化后的字音仍是一个音节，但带儿化韵的字音一般由两个汉字来书写，如芋儿（yùr）、老头儿（lǎo tóur）、老嬷嬷儿等。需要说明的一点是，崂山一带在称呼祖母或祖母辈的老人时，称"妈妈"，而对其他老年妇女，在背地里则称"老嬷嬷儿"，如"谁家的老嬷嬷儿（mó mór）"。有些老年男性也称自己的妻子为"老嬷嬷儿"，与年长女性称自己的男人为"老头儿""老头子"相对应。

崂山地理位置特殊，处于沿海地区，因此村民的方言中含有大量与潮汐、渔业相关的方言土语。当地特有的文化特色促成了方言中某些特有词语的产生。即便在周边区域，不同村庄的人们口中的方言也是各有特色。如王哥庄地区就有许多与沙子口、北宅、中韩、金家岭不尽一致的方言：如把"那个"念成"嗫个"；"我上山拾个草"（个，一捆），王哥庄人会说"上山去整个草"，等等。由于生活水平和文化素质的提高，以及大众传媒的普及，现今许多崂山方言已经被普通话的词汇所取代，不过有些词语依然在民间广为使用。以即墨方言为例，词语中有大量的明清时期词汇，而崂山地区由于受青岛市区的影响，又存在一些殖民时期的特有舶来词汇，如"煤大箩儿"（上口粗、下面细的圆形铁桶）、"卡栖"（刺槐）、"古力盖儿"（窨井盖）等，这些特有的词汇对地方特色文化的形成起到了一定的作用。

即墨话属于胶东方言，语音有其独特之处。当地人往往靠着谐音的方法，把一些其他地方人觉得没有任何关系的事物联系起来，产生了一批特殊的忌讳词和吉利词，从而促进了一些独特风俗的产生。这些民俗主要表现在过年和婚庆时，在旧时使用得更为普遍。即墨腔其显著特点是没有去声，分别归到阴平和阳平里去了，哪些字归阴平、哪些字归阳平并没规律可循。

崂山方言比较明显和突出的特点有：其一，一些韵母相对简化，如普通话中的复合元音韵母如"爱（ài）"和"袄（ǎo）"，在当地方言中被简化为 e，又如"顿""蹲"其韵母发音为 uen（写作 un），在崂山方言中的发音简化为 en；其二，崂山方言中 a、o、e 等单元音韵母经常混用，例如"喝"发音 hā、"渴"发音 kā、"割"发音 gā、"胳膊"gē bo 发音为 gā ba，复韵母中也有此类现象，如"窄""摘""宅"都发音为 zhēi，"拆"发 chēi 音，"塞"发 sēi 音，"白""百"发 bēi 音，声母也有这种混用情况，比较突出的是 y 和 r 混用，如"人"读成"银"，"热"读成"页"，"日"读成"意"，"肉"读成"右"等；其三，一些鼻韵母发音易混淆，如 eng 和 ong、in 和 ing、ing 和 ong 等；其四，声调方面，阴平、阳平、去声三个声调发音没有严格界限，崂山方言中发轻声的字、词比普通话中要多；其五，语流音变现象明显，如"噶伙"发音为 gǎ huō 时，为合伙的意思，发音为 gā huó 时，有作伴、结伴的意思，

发音为 gǎ huō 时，是指妍头、男女不正当关系。又如"踩"发音
为 chāi 时是一个动词，表示用脚接触地面或物体，而发 chǎi 音时
就是一个形容词，表示泥泞。

语汇

天文地理

日（yì）头（tóu）——太阳

雨旮旯——日晕

风旮旯——月晕

忽雷——雷

雾漏（lòu）——雾露的转化音，即下雾

跑星——流星

扫帚星——彗星

勺子星——北斗七星

天河——银河

么早改儿——时间不长

过晌儿——下午

下晌——晚上

现当紧儿——当即，现在

旮旯儿——角落

上冻——结冰

冰溜——冰，冰凌的转化音

往里溯雨——雨随风吹进屋内

雨星儿——雨点儿

刹风了——风停了

日常生活

伎俩——一指技能、本领，二指手段、花招，三犹言狡诈。唐贯休《战城南》诗之一："邯郸少年辈，个个有伎俩。"伎俩一词在山东大部分地区无褒义，多形容人卑鄙的计策手段。但在崂山地区却常用作褒义词，多形容一个人（尤其是女性）是多么的心灵手巧，如："她真伎俩，这么难的花样，一看就会。"

搲出来——把锅里的饭搲出来，在方言读中 wǎ 。1. 抠，剜；剔除。如："罐子底下还剩下点儿酱，拿勺子把它搲出来"，"搲一碗米"，等等。2. 比喻义，指排斥于外。"轮到有好事了，他们打算把我搲出去。"3. 分享，取用。如："做买卖挣了一笔钱，七大姑、八大姨全来算计我，倒让他们搲走了一半。"

擓着——（双音）1. 擓（guāi），如"擓草篓子"。2. 擓（kuǎi），给某人搔痒痒。

长醭——油长醭了。意为醋、酱油等表面生出的白色的霉。

刺——划破，拨开。如："我的手被荆棘刺了一条口子。"

熥饭——把熟的食物加热，如："把馒头熥熥再吃。"

一拃——张开大拇指和中指或小指量长度，如"两拃宽"。

谝弄——显示，夸耀。如："他买了一辆破车，又开始到处谝弄了。"

香油馃子——油炸食物，如油条、煎饼馃子等，多指油条。

扽开——拉，猛拉。如把衣服扽平、把绳子扽直等。

耶髅盖儿——前额

汉们——成年男人

牙花子——牙龈

门子口——邻居

腚巴子——臀部

菠萝盖儿——膝盖

鼻清——鼻涕

拉撒——邋遢，不利索，懒散

轧伙——合伙；作伴；姘头

滥才——杂乱

怡和——和气

埋汰——脏

淡话——没意思或下流语言

排癞——很脏

莽材——人的仪表

二（lēi）下旁人——认识但没有往来的人

沫沽渣——泡沫

擦铳——一种把食物擦成丝的工具

盖垫——用细高粱秸等编织成的锅盖

锅头——灶

过当——门洞过道

浮台——烟囱

庹——张开双臂伸直的距离为一庹

凑付——凑合

玉急——助人急需，有玉成的意思

杠子头——爱抬杠的人

矬子——矮子

半彪子——不通事理者，亦称半吊子

记事盅儿——记忆力强

时气——运气

宾服——佩服

藏猫儿——捉迷藏

引弄——引逗

锅嘎渣——锅巴

嘎啦——蛤蜊（初为象声词，由洗蛤蜊时发出的声音演化而来）

抛洒——浪费

饥困——饿

馉馇——饺子，胶东即墨以南地区方言。馉馇一说，本义应为箍扎，包饺子时用手箍起来扎紧，因是面食，前面加食旁，延伸为馉馇

叨——用筷子夹菜

动作、行为

划拉——归拢、捞取

搓约——搓揉

倒动——搬动、挪动

窝搓——揉皱

扎固——修理、诊治等

捣鼓——反复摆弄

拌弄——搅拌、拌干

豁罗——搅拌、搅动

掇弄——整理、拨弄

相付——端详

嚹——骂

提溜——提、拎

莽——踹（动词），轻蹬、轻踢

卷——用脚尖向上踢

鼓拥——蠕动

磕（kā）倒——摔倒、跌倒

箍巴——紧抱，指双方搂抱，或双方搂抱一起戏弄、打架）

懒巴——伸展懒腰

歪块——斜靠着东西躺着

蛤爬——俯卧

嘘嚯——喊叫

瞜睺（loú）——不怀好意地窥视

害淡——害羞

挖睺——用白眼珠瞪人

插把人——设陷阱戏弄别人

坡蟠——草莓

踢蹬——毁坏、糟蹋

扑趟——践踏，如："他把刚出土的麦苗扑趟了。""他把人家的宴席给扑趟了。"

嘎杂子——吝啬、小气

作蹬——折腾、胡闹

踩（chāi）贱——欺负、贬低别人

赶拢——巴结

舔腚——拍马屁

颠献——献殷勤

舔抹——讨好、巴结

扎煞——张开，引申为得意忘形的样子

死撑——强为所难

摆坏——显示、炫耀或不适当地夸耀

烧包——为得意事所激而自我膨胀

周溜——惩治

丧门——令人厌恶、沮丧的人或倒霉事

豫磨——意态缠绵磨蹭

白讳——反复重复、辩解

谎点——骗局、骗人

点化——骗局

撸——骗

鬼花狐——花招

混理——不讲道理、蛮横

烦气——厌烦、讨厌

嫌候——嫌弃

烈决——厉害

煞脱——厉害

煞实——厉害扎实

演当——实验、比量

嘴摸——估摸

志验——实验

唧嘎——吵嘴，如："一大早恁俩个人唧嘎什么。"

恁——你们。发"恁"音时，有两人以上的意思，如"恁俩""恁家""恁几个这是干什么？"

屈谎——冤屈

数落——责备

喊嘎——乱，你一言我一语，理不出个头来

巴数——批评、责备

圆成——促成

重念——挂念

巴望——祈盼

拿捏——扭捏，故作姿态

性质、状态

敢自好——感情好、正好

其必——很可能

离巴——过分

备不住——说不定

罢式的——罢了、作罢

赶忙儿——马上立刻

直愣争儿——突然

管几时——不论什么时候

朝记——经常地

单为——特意、单独

挤束——紧凑

挺脱——结实、牢固

杂么——质量不好，人品不好，如："这个人很杂么。"

一么五———块儿

扛不住——承受不住

熬炼——因熬夜不得眠而疲惫

懊头——困倦、沮丧、没精神

不耐烦儿——烦燥

不过睬——出乎意料

旺醒——有精神茂盛

农事

觅汉——长工

狗奶子——枸杞子

繁生——繁殖

山蚂蚱菜——肥皂草

拉嘎（gá）——物体摩擦

卜都儿——花蕾

巴棍子——木棍子

马蛇子——蜥蜴

沫货——小虾的幼虫

皮狐子——狐狸

猫耳头——猫头鹰

捣打木子——啄木鸟

石鸡子——山鸡

胡黍——高粱

马尿臊——枰柳

面汤——面条

豆枕——枕头

浮皮儿——表面

谚语典故

生活类谚语

"一块坏肉臭满锅。"

"一个打算顶十个做的。"

"一家门口一个天。"

"一步赶不上，十步撵不上。"

"一个鹌鹑十八担水。"（亦曰"一只螃蟹十八担水"，谓过分地注重某一方面的事情，有本末倒置之意。）

"一批隔一批，孙子不如儿（lei）。"

"人无头不走，鸟无头不飞。"

"人无千日好，花无百日红。"

"山是一步步登上来的，船是一橹橹摇出来的。"

"蚊虫遭扇打，只因嘴伤人。"（以尖酸刻薄之言讽刺别人只图自己嘴巴一时痛快，殊不知会引来意想不到的灾祸。）

"蚊蚕蛆虫嘴伤人。"（蚕，斑蚕；蟊贼，食禾稼的二种昆虫。四种害虫皆因伤人或庄稼为人所厌恶。意同上。）

"人有失言，马有失蹄。"

"人为一口气，神为一炷香。"

"人要倒霉，咸盐招蛆。"

"人一时，草一秋，蚂姐溜（蝉）还有四十天的好时候。"

"人在运里，马在阵里。"

"人得外财发家，马得夜草肥膘。"

"人要脸，树要皮，没（mo）脸蛋子没法治。"

"人老一年，马老一宿。"

"人不偏心，狗不吃屎。"

"十家亲戚九家富，拐着哪家穿棉裤。"

"十家亲戚九家穷，累着哪家光着腚。"

"十年碰不上个闰腊月。"

"儿大不由爷，女大不由娘。"

"孩儿做事娘不知。"

"三岁孩子看到老。"

"三辈不忘姥娘门。"

"三个老婆顶面锣。"

"三盘六坐九月爬，十个月的孩子叫妈妈（祖母）。"

"狼吃了不算，狗吃了撵出屎来。"

"大懒支（支，支使）小懒，小懒白瞪眼。"

"小时学的，石上刻的。"（喻记忆牢固）

"小腿扭不过大腿。"

"小孩会走，强起使狗。"

"小时偷针偷线，大时偷银偷钱。"

"下海腥腥嘴，打围干跑腿。"

"千难万难，不离崂山。"

"男大十岁不算大，女大十岁老嬷嬷儿。"

"女大一，穷到底；女大三，抱金砖。"

"山顶看日头，回家找枕头。"

"千年的字会说话。"

"不见死尸不落泪，不见兔子不撒鹰。"

"不怕事不成，就怕心不用。"

"门口闯着要饭棍，知己朋友不上门。"

"门口拴着骡子马，不是亲戚也来耍。"

"天下的爹娘向小儿。"

"分家的东西使不到老，将媳妇的东西用不到老。"

"见人施一礼，少走十里路。"

"日头似没（mu）不没，懒汉子发了怒。"

"反过来打肚皮，覆过去打脊梁。"

"认了老鸹（鸦）做干娘，清白日子过不长。"

"宁走十步远，不走一步险。"

"宁肯撒了，不肯缺了。"

"不怕不用，就怕不备。"

"这山望着那山高，到了那山把脚跷。"

"打起来没好手，嚷起来没好口。"

"打了骡子马也惊。"

"打不着鹿，也不让鹿吃草。"

"打打犟嘴的，淹淹凫水的。"

"只见贼吃食，没见贼挨打。"

"半大孩子可（kuo）罗猪，一时不吃肚子饥。"

"龙多了旱，人多了乱，母鸡多了不下蛋。"

"生处不嫌地面苦，外财不发薄命人。"

"丢下要饭棍，就打要饭的。"

"瓜地不拾鞋，梨地不正帽。"

"汉子往哪走，带着老婆的手。"（指从一个男人的衣装上就可以看出其妻的勤懒、巧拙。）

"有千年的邻居，没百年的亲戚。"

"有福之人不用忙，没福之人忙断肠。"

"有娘的外甥大起舅。"

"有拾金拾银的，没有拾嚷（骂）的。"

"有了金刚钻，不怕瓷器破。"

"好话说三遍，狗也不稀罕。"

"好虎架不住群狼。"

"好货不便宜，便宜没好货。"

"好时搂着腰，恼时捅上刀。"（指人际关系上冷热分明。）

"兵熊熊一个，将熊熊一窝。"

"老嫂比母。"

"先生领进门，修行在个人。"

"躲过了三月三，躲不过九月九。"

"买卖好做伙难轧（ga）。"

"秤杆不离秤砣，老头不离老婆。"

"会打人的打一顿，不会打人的打一下。"（形容下手打人不知轻重。）

"吃旁人的吃出汗，吃自己的吃出泪。"

"吃了不疼抛洒了疼。"

"没娘的儿女夸孝顺。"

"花子打花子，打死一家子。"

"穷怕亲戚富怕贼。"

"锣鼓听声，听话听音。"

"财帛不露白（bei），露白光招贼。"

"针头大的窟窿，牛头大的风。"

"话不说不明，木不钻不透。"

"麦怕胎里旱，人怕老来贱。"

"朋友千个少，敌人一个多。"

"狗怕弯腰狼怕站。"

"怕狼怕虎，不住山涧。"

"卖鞋的哥哥脚踢沙。"

"树老根多，人老话多。"

"举手不打笑脸人。"

"种地不施粪，等于瞎胡混。"

"养儿不敢笑话当贼的，养女不敢笑话卖娼的。"

"铁打的将军屎壳郎，个人看着个人强。"

"灰喜鹊尾巴长，将（娶）了媳妇忘了娘。"

"眼经不如手经，手经不如常拨弄。"

"眼是熊蛋，手是好汉。"

"端人家的碗，受人家的管。"

"晚上打算上登州，早晨醒来在炕东头。"（善于打算，缺少行动。）

"懒驴上磨屎尿多。"

"一传两走样，两传三不像。"

"手掌手背都是肉，闺女媳妇一样亲。"

"打断骨头连着筋，真亲再打也难分。"

"打不断的亲（戚），骂不断的邻（居）。"

居家过日子之精打细算

"吃不穷喝（hā）不穷，打算不到一世穷。"

"春天戳一棍，秋天吃一顿。"

观天气

"朝看东南，夜看西北。"（夏季七、八月雨况预测）

"浮山戴帽，觅汉（雇工）睡觉。"

"太阳晒腿，到不了赶黑（要下雨的意思）"

"朝刮三夜刮四，晌午一刮闲不住，不晌不夜刮一时。"

农时天气对于田间生产要求

"有钱难买五月旱,六月连阴吃饱饭。"(农历五月是麦收季节,夏季除草阶段,不要雨水。待到小麦收获一个星期,晒干小麦,农田就需要雨水充沛,播种秋季作物。)

生产谚语

"一场春雨一场暖,一场秋雨一场寒。"

"人误地一时,地误人一年。"

"八月十五下(雨)一阵,旱倒来年五月尽。"

"九月栽树不靠天。"

"十年的土墙赛豆饼。"

"三月寒食晚开花,二月寒食早开花。" (指樱桃)

"三月寒食不用忙,二月寒食忙不上。"

"麦子不怕草,就怕坷垃咬。"

"六月六,看谷秀。"

"水是庄稼血,肥是庄稼粮。"

"不怕苗儿小,就怕虫子咬。"

"天旱不忘锄地,天涝不忘浇园。"

"处暑三日无晴穆。"

"中秋萝卜末伏菜。"

"有处买种,无处买苗。"

自然现象谚语

"三天东南风,下雨不用求神灵。"

"有钱难买五月旱，六月连阴吃饱饭。"

"三天不下一小旱，五天不下一大旱。"（指六月天的庄稼生长）

"大雪不封地，不过三五日。"（大雪指节气）

"雪扑高山霜打洼。"

"下雪温温化雪凉。"

"不吃端午粽，不把棉袄横。"（横，没了，丢了，引申为扔、没的意思。）

"天忙忙一阵，人忙忙一场。"（指下雨）

"天上鱼鳞云，日头晒破盆。"

"天黄有雨，地黄有风。"

"浮山戴帽，下一小瓢。"

"朝看东南，晚看西北。"

"朝霞不出门，晚霞行千里。"

"日旮旯雨，月旮旯风。"

"长到夏至，短到冬（冬至）。"

"立了春，别欢喜，还有三十日冷天气。"

"立秋晴一天，谷穗顶着天。"

"立秋，哪里下雨哪里收。"

"立冬萝卜小雪菜，再不收拾要冻坏。"

"早上立了秋，晚上凉嗖嗖。"

"石头出汗，大雨不断。"（石头湿漉漉的，往往预示着连阴雨。）

"交了冬（冬至），一天长一葱。"

"交了十月节，飘下风来就是雪。"

歇后语

一根绳上拴两个蚂蚱——谁也跑不了

一个葫芦开出的瓢——一模一样

一筐子鸡蛋撂下地——没一个好的

鲜花插在牛粪上——不知香臭

一天三场雨——少晴（请）

二八月干活——不冷也不热

二十岁进养老院——有福享早了

二踢脚上天——响（想）得高

十冬腊月喝凉水——冷了心

十冬腊月穿裙子——美丽动（冻）人

十五个吊桶打水——七上八下

七月的核桃——满仁（人）了

七个眼的唢呐——没法捂扎（吹）

八月的大枣——红透了

八尺布平半分——四（死）尺（痴）一块儿

八带鱼戴眼睛——自充账先生

九月的石榴——闭不煞嘴

十文钱丢了一文——九（久）文（闻）

刁旋（斜）风吹笛子——净出斜（邪）气

三伏天打哆嗦——不寒而栗

三十晚上盼月明——没指望

大闺女坐花轿——头一遭

大年五更吃饺子——没有外四家

大年五更出月明（亮）——没有的事（做梦）

大年五更啃帮皮（帮皮，动物皮子）——是荤强起素

大年五更发祃子————烧了之

大麦岛洗澡——没有旁人揽的

大年三十看皇历——没期了

大水冲了龙王庙——一家人不认识一家人

大和尚给小和尚捉虱子——都是庙上的功夫

小孩子吃泡泡糖——准吹

学生叫门——要书（输）

小葱拌豆腐——清二白

小庙的神仙——没见过大香火（没见过大世面）

小和尚念经——有口无心

小老鼠扛木锨——大头在后面

山东头亲老板——凉瓦唧的（老板，即老板鱼，学名孔鳐）

丈二和尚——摸不着头脑

飞蛾扑火——找死

土地爷爷吃鸡屎——窝囊神一个

下雨顶筛子——淋（轮）着了

下雨打麦子——难收场

下雨天打孩子——没事找事

马腚上钉掌——离蹄（题）太远

马尾拴豆腐——提不起来

丈母娘看女婿——样样都好

木匠戴夹板——自作自受

木匠拉线——睁一眼，闭一眼

王八吃秤砣——铁了心

王八吃西瓜——滚的滚，爬的爬

王八屁股长疖子——烂（乱）规（龟）定（腚）

王婆子卖瓜——自卖自夸

王小儿开饭店——看客下菜碟

五个指头捏鼻子——手拿把攥

水兵的汗衫——净道道

水仙不开花——装蒜

孔圣人搬家——少不了书（输）

手心长草——荒（慌）了爪子

天上拉屎——狗的命

手心长胡子——老手了

车耳子割眼睛——对光了

进门叫大嫂——没话找话说

公鸡戴帽子——官（冠）上加官

公鸡打鸣——不见（简）蛋（单）

狗头长角——出羊（洋）相

外甥打灯笼——照舅（旧）

叫花子咬讨饭的——穷恨穷

叫花子打算盘——穷算计

叫花子唱戏——穷乐

叫花子找媳妇——难说

石人河捉乖乖——绷绷起脸来

石湾看坡——专抓自己家的人

石灰点眼——白瞎

四月天吃杏——专挑软的

出家人不贪财——越多越好

叫驴拉磨——不等上套先开腔

孙权招妹夫——弄假成真

头顶长疮脚底流脓——坏透了

头顶戴袜子——长出脚（角）来了

冬天的大葱——心不死

龙王爷搬家——厉害（离海）

包公升堂——铁面无私

半夜叫城门——找钉子碰

石狮子嘴里的石球——吐不出咽不下

吃袋烟拔豆根——一码归一码

孙猴子坐天下——毛手毛脚

孙悟空他娘——肚子猴

老妈妈吃柿子——专挑软的捏

老寿星吃砒霜——活够了

老鼠放屁——呲猫（次毛）

老鼠偷鸡蛋——无处下手

老鼠掉进面缸里——自充白胡子老头

老鼠钻进风箱里——两头受气

老鼠钻进书箱里——咬文嚼字

老鼠给猫拜年——送死

老鼠啃账簿子——吃老本

老头发脾气——吹胡子瞪眼

老雕吃鸡毛——充满肠子就行

老鹰捉小鸡——一个惊一个喜

老虎拉车——谁赶（敢）

老妈妈抱孩子——别人的

过了河的小卒——没有退路

光棍出家——无牵无挂

阴天打豆子——往后凑凑吧

守着秃子骂和尚——专揭人短

竹篮打水——一场空

肉包子打狗——有去无回

豆腐嘴刀子心——口软心硬

秃子当和尚——当两

秃子跟着月亮走——有光可沾

秃子头上的虱子——明摆着

秃子照镜子——圆（原）亮（谅）

张飞绣花——粗中有细

张飞引针——大眼瞪小眼

张安的狗——赶错了集

苍蝇跟着个卖盐的——操些闲心

苍蝇飞进牛眼里——吃老泪（累）了

芝麻开花——节节高

纸糊的帽子——胡弄一时

鸡毛掸子掉了毛——光杆一条

鸡骨头卡在嗓子眼里——张口结舌

鸡蛋里挑骨头——没事找事

鸡吃谷糠——空欢喜

鸡窝里捅棍子——捣蛋

灶王爷上天——有什么说什么

泥菩萨过河——自身难保

汉子不叫汉子——叫男（难）人

卤水点豆腐——一物降一物

针尖对栗蓬——刺碰刺

狗咬月亮——瞎汪汪

狗撵鸭子——呱呱叫

狗咬马虎——两将怕

茶壶煮饺子——肚里有货倒不出来

剃头的挑子———头热

看三国掉眼泪——替古人担忧

哑巴吃黄连——有苦说不出

姜太公钓鱼——愿者上钩

要饭吃不拿棍——吃狗的气

秋后的蚂蚱——蹦达不几天了

姥娘哭儿——没舅（救）了

炒韭菜放葱花——多此一举

房顶上开门——六亲不认

屎壳螂掉进粪坑里——有吃有喝

屎壳螂钻进大粪里——找屎（死）

盲人骑瞎驴——走不对路

夜猫子进屋——没有好事

和尚念经——老一套

兔子的尾巴——长不了

拖拉机上炕——耕（惊）人

姑娘的心——难琢磨

兔子跑进磨道里——自充大耳朵驴

卖油的敲锅盖——好大的牌子

夜明珠会喘气——活宝

呼雷打死张士省——现吃现报

武大郎开店——高的不要

狗熊捉蚂蚱——瞎扑打

狗熊掰苞米——掰一瓣横（扔）一瓣

板凳上困觉——好梦不长

庙上失火——慌了神

庙台上的猪头——早有主了

庙里撞钟——鸣（名）声在外

庙门口卖假药——哄鬼骗神

玻璃瓶子当暖壶——热乎一阵子

歪嘴和尚——念不出正经

草帽烂了边——顶好

南山顶上滚石头——石打石（实打实）

热锅上的蚂蚁——坐立不安

娘俩做媳妇——各忙各的

烟袋脂拌韭菜——滋味不对

秦琼的马——认主

铁公鸡赴宴——一毛不拔

烧火棍当屋梁——不是那块料

绣花的枕头——草包一个

鸭子上梁——逼出来的

鸭子肉好吃——嘴硬

高射炮打蚊子——大材小用

胸膛上挂钥匙——开心

胸膛上挂筛子——心眼太多

袁世凯当皇帝——短命

唐僧念经——出口成章

唱戏的跑圈——走走过场

黄瓜打锣——槌子买卖

黄鼠狼看鸡——越看越稀（少）

黄鼠狼给鸡拜年——没安好心

黄鼠狼钻阴沟——不走正门

黄鼠狼去赶集——里外一张皮

黄毛鸭子下河——不知深浅

捣打木子（啄木鸟）歪了嘴——命该如此

猪八戒照镜子——里外不是人

猪八戒他娘——笨死的

猪八戒戴佛珠——假正经

眼睛长在头顶上——目空一切

麻子老婆跳伞——天花乱坠

麻雀落在牌场上——东西不大，架子不小

脚底下评脉——外行

脚后跟拴绳子——拉倒

铡刀上剃头——玄乎

阎王爷办事——净鬼点子

阎王爷贴告示——鬼话连篇

骑驴看唱本——走着瞧

掐了信子的炮仗——一点就着（响）

唱戏的吹胡子——假装生气

猴子戴帽子——装人样

黑瞎子拉油碾——出力赚个大熊蛋

黑瞎子进屋——熊到家了

粪坑里的石头——又臭又硬

锅腰（驼背）上山——前（钱）上紧

锅口里掏出个烧饽饽——又吹又打

棺材店的老板——恨人不死

媒婆子提亲——净拣好听的说

船上烙饼——调过来

梁山的军师——吴（无）用

隔着窗纸看媳妇——朝大谱

落地的凤凰——不如鸡

煎饼卷蟹子——七股八杈

胳把窝里（腋下）夹个死耗子——自充打猎的

鼻梁上挂秤砣——抬不起头来

猪八戒啃猪蹄——自咬自

端着金碗要饭吃——装穷

蒙着鼓皮听打雷——分不出东西南北

城墙上骑马——走头（投）无路

瞎汉打瞎汉——两头不见人

瞎驴栓在槽头上——喂它（为他）不知喂它（为他）

瞎汉磨刀——快了

瞎汉铰衣裳——胡裁（猜）

瞎汉点灯——白费蜡

碾砣碰碾底——石（实）打石（实）

踏着梯子摘星星——老远

鞋底抹石灰——白跑一趟

嘴上抹石灰——干吃白逮

嘴上挂铃铛——说到哪儿响到哪儿

磕一个头放仨屁——行善没有作恶多

虾毛拌韭菜——乱七八糟

寡妇老婆死孩子——没指望了

磕瓜子磕出个臭虫来——什么仁（人）都有

旗杆顶上绑鸡毛——好大的掸（胆）子

蒸熟了的饼子——不用抢

满嘴镶金牙——吃软不吃硬

醉汉走路——东倒西歪

懒老婆的裹脚布——又臭又长

磨道里找驴蹄子印——没事找事

擀面杖吹火———一窍不通

鳄鱼掉眼泪——假慈悲

癞蛤蟆想吃天鹅肉——想的美（痴心妄想）

警察抓他爹——公事公办

露水珠引河水——慢慢地来

谜语

植物类

"一颗树，黑乎乎，上头结着紫二姑。"——茄子

"兄弟七八个，围着柱子坐，谁若松了手，衣裳就破裂。"——蒜头

"骨拐爹，骨拐娘，骨拐打（盘）了一铺炕，骨拐搂住骨拐困，骨拐长在骨拐上。"——生姜

"小时一指半指，大了千指万指。开花结籽，到老没有叶子。"——菟须（丝）

"小时青，大时黄，老来变得红晃晃；家中如果缺了它，饿得肚皮贴脊梁。"——麦子

"年年春天爱风流，招蜂引蝶亲不够；到了老来秃了头，孤孤单单绝了后。"——樱花树

"一个小嫚五六岁，打扮起来招惹人，春天惹来大嫂捏，秋天馋得小伙啃。"——梨树

"爹不亲，娘不爱，把它埋到南河沿；等到长大成了树，锯割斧剁把它卖。"——柳树

"细细腰，圆圆脸，天天围着日头转；生就一副俊模样，从夏笑到九月寒。"——向日葵

"奇怪奇怪真奇怪，骨头长在皮肉外。"——核桃

"咚咚咚，上南岭，开荒地，撒下种，开白花，结棱种，推白面，馇黑饼。"——荞麦

"一群小白狗，围着锅沿走，打它两杈把，哧溜跳进口。"——水饺

"石板、石板压石板，石板里头压蛐蟮。"——面粘（将即将成熟的小麦穗上锅蒸熟后，放簸箕等用品上搓出麦粒，然后将麦粒用石磨磨制出来的一种食品．）

动物类

"从哪儿来了个拽呀拽，不脱裤子就下海。"——鸭子

"哄黑（乌黑）哄黑，三骨节，六条腿。"——大蚂蚁

"四翅连连，两眼明明，头像葫芦，尾似铁钉。"——蜻蜓

"奇怪奇怪真奇怪，鼓开脊梁生小孩。"——蝎子

"年年六月天气热，爬上树梢瞎歇咧。"——蝉

"一个白娘子，躲在绣房里，纺纱又织布，专门包自己。"——蚕

"吃肉不用问，张开口就啃；伸手要打它，一跳走了人。"——跳蚤

"奇怪奇怪真奇怪，嘴巴扛着泥屋来。"——燕子

"不用打火不用油，夜夜提灯把路行；待到十月寒风起，灯死火灭不见影。"——萤火虫

"头小脖细肚子大，双手挥动两盘铡，一不小心碰上它，皮开肉绽冒血花。"——螳螂

"身披白大氅，脚登红筒靴，见人高抬头，张嘴就叫哥。"——大白鹅

"听它叫，秋天到；不为夸口才，专催人备袄。"——寒蝥（蟋蟀的一种）

"它用声声叫，换得梨花笑，累了牛和马，忙了农家老。"——布谷鸟

"年纪不算大，胡子一大把，不论见到谁，总爱喊妈妈。"——羊

"不用钟和表，天天早报晓，要知它是谁？去问农家老。"——公鸡

"水底能活，陆地能长，千年百岁，不声不响。"——乌龟、鳖

"身背两座山，负重走边关，沙海它敢闯，山高它能翻，上山咔溜溜，下山滚滚球。"——刺猬

"一栋屋，两栋屋，千栋万栋门朝地。"——马蜂窝

"一个小盒，里头盛着个拨拉蛾。"——舌头

"兄弟一般高，走行挪步离不了，七老八十不能动，也要日夜紧依靠。"——双腿

"一颗树，五个杈，上头结着金蛤蜊（gala）。"——手

"一个小皮鼓，装起粮食没法数。"——肚子

用具类

"一棵树，两半子，里头夹着个黑汉子。"——铡草用的铡刀

"两张小嘴不多大，挥动胳膊就说话。"——风箱

"东山一只羊，西山一只羊，一到黑天便打仗。"——大门、

屋门

"伸开像半个月亮，叠起能在袖筒中藏；来时荷花开放，走时菊花正黄。"——扇子

"奇怪奇怪真奇怪，肠子长在肚皮外。"——辘轳

"四四方方屋里放，穷家富户都用上；夜里陪着小姐睡，白天看着太太缝衣裳。"——炕席

"一个光棍汉，爱躺不爱站；白天穿棉又挂缎，夜晚变成穷光蛋。"——晒衣杆（绳）

"你笑它也笑，你哭它也哭；黑夜难相见，白日天天聚。"——镜子

"星在上，月在下，三根飘带随你拿；能知鱼肉轻和重，能量瓜果大和小。"——杆子秤

"稀奇稀奇真稀奇，拿着鼻子当马骑。"——眼镜

"一栋小布屋，里头住着五兄弟。"——布鞋

"说手不是手，说脚不是脚，上头铁指头，下头木胳膊。"——农家翻场用的"铁头木把杆。"，即双股铁叉

"一棵大树高高立，大树顶上挂红旗，风里来，雨里去，一年到头湿漉漉。"——桅杆

"一个小孩不多高，天天锤打烈火烧；锄镰锄镢头上出，刀枪剑戟头顶造。"——铁匠用的铁墩子

"生就挨打的命，不打不受用；打破旧衣换新衣，欢乐声中度终生。"——大鼓

"黑脸膛，四方中，圆圆肚子大如斗，巧妇身边动动手，要吃要喝样样有。"——锅台

"兄弟十几个，并排椅上坐；天下女子们，个个都爱它。"——梳头梳子

"一个媳妇手儿巧，天下名菜它会炒；喂得别人肥又壮，它

却累得瘦又小。"——炒菜铲子

"没有爹，没有娘，家中只有姊妹俩；出门同步走，进家住一房。"——筷子

"一个小孩真奇怪，独腿独眼闯世界，走遍东西南北中，最得巧手女子爱。"——绣花针

"赤身露体光打光，肩拉绳索走四方；送给别人三春暖，留给自己数九凉。"——缝衣针

"浑身都是暖，专找闲事（险事）管（干）；一旦需要它，挺身堵枪杆（尖）。"——顶针

"胳膊弯又弯，嘴儿尖又尖，春夏秋天忙，只有冬天闲。"——犁

"嘴像切菜刀，鼻梁高高翘，身子细溜溜，足有六尺高，百草碰上它，不死也折腰。"——锄

"个子不多高，性格特别爆；粉身又碎骨，化作迎春炮。"——炮仗

"腰缠一根线，能在半空钻，不怕大风刮，就怕天出汗。"——风筝

"扁扁身子圆圆肚，一时不打不舒服。"——铜锣

"不打不闹，一打就跳。"——皮球

"一只公鸡尾巴翘，随着人脚落又跳，待到别人累倒了，它却站在风中笑。"——鸡毛毽子

"公、婆两个擦压擦，又吃又吐又吆喝；羞得老驴不喜看，戴上捂眼转么么。"——石磨磨面

"是轻是重，心里有秤；轻的开除，重的留用。"——簸箕扇粮

"朝也盼，夜也盼，日日夜夜盼过年；谁知新年来到时，它却一去不回返。"——月份牌

"一对少男少女，天天聚在一起，只能侍候别人，不能结为夫妻。"——纸扎童男童女（旧时丧葬用品）

"浑身带斯文，做事讲分寸，从来不为己，专门量别人。"——尺子

"一个小孩呜呜哭，长虫盘着脊梁骨。"——捧笙（一种乐器）

自然现象类

"早上工，晚下班，急急忙忙把路赶；一年三百六十天，没有一日肯休闲。"——太阳

"像个大姑娘，冷面热心肠，提灯照夜路，从来不声张。"——月亮

"朝也来，夜也来，从来不露面，咕咚几下门，马上就离开。"——风

"说大就大，说小就小，不怕大雨淋，就怕北风扫。"——云

"说硬也硬，说软也软；硬能穿石，软可捏扁。"——水珠

"看不见，抓不着，一时没它不能活。"——空气

"你走它也走，你站它也站，伸手摸不着，睁眼能看见。"——自己的影子

"兄弟千千万万，住在白云间，旱天盼它来，涝天望它闲。"——雨

"披着棉袍来，光着身子走；柳丝想拦它，它却不肯留。"——雪花

"一匹五彩缎，横在蓝天间，伸手够不着，睁眼能看见。"——彩虹

"别看浑身黑，心灵无限美，为了万家暖，宁愿烧成灰。"——煤炭

字词类

"一点一横，两眼一瞪。"——六

"两人一张嘴，谁也难离谁。"——足

"爹娘不在家，女儿把门插。"——囡

"一家人家没父母，十八兄弟住一起。"——李

"左一撇，右一撇，中间夹着只老婆脚。"——小

"查先生，真奇怪，脚上的鞋子头顶戴。"——香

"万兵少它不足，百将少它不成。"——一

"说大有大，说小有小；要想猜到，翻开书找。"——尖

"一点一横长，一撇到南洋，南洋两棵树，长在石头上。"——磨

"日兄前头走，月妹后头跟，千载互依靠，万年不离分。"——明

"兄弟两个人，清早就出门，同扛一颗树，送给有心人。"——来

"唇齿相依。"——呀

"一曲一伸。"——引

"一人把卦算，二人半空站，三人一个面，四人把土搬——仆、天、众、徒

"二木（目）不成林；八厶不离分；言边主下月，两人土上蹲。"——相公请坐

"落花流水人人爱。"——香波

"飞流直下三千尺。"——高山流水

"九九艳阳天。"——春耕大忙

"八月的乡村。"——秋收

"二三四五，六七八九。"——缺一（衣）少十（食）

"我就是玉皇。"——自命不凡

第十五章　契约文书

　　契约，最初是指双方或多方共同协议订立的有关买卖、抵押、租赁等关系的文书，可以理解为"守信用"。形式有精神契约和文字合同契约，对象多样，可以是生意伙伴、挚友、爱人、国家、世界、全人类，以及对自己的契约等，可以用"文字合同"来约定，也可以用"语言"来约定，还可以是"无言"的契约。

　　从法律上解释，契约是指"依照法律订立的正式的证明出卖、抵押、租赁等关系的文书"。从法理上看，契约是指个人可以通过自由订立协定而为自己创设权利、义务和社会地位的一种社会协议形式。契约的观念早在古罗马时期就已经产生，古罗马法最早概括和反映了契约自由的原则。例如房屋买卖合同，以书面文字的形式来约束双方，应尽的义务和责任。契约等同于合同。

　　崂山地区自古以来，契约的订立一般发生在"土地买卖""房屋买卖""渔船买卖"等场合，形式有"租赁凭据""借据收据"等文书。

土地买卖

　　土地买卖是把土地作为商品进行交易的活动，是土地所有者将土地所有权转让给他人的行为。土地是自然物，不是劳动的产品，因此土地本身并不具有价值。土地借以买卖的基础是土地所有者转让土地所有权时，土地所提供的地租的购买价格。土地购买者购买土地，实际上是购买取得地租收入的权利。中国封建社会的土地买卖现象比较普遍，并非是商品经济发达的表现，而是建立在封建的自然经济基础上，地主阶级兼并农民土地的一种方式。

例如崂山地区的山东头村，建村之前并没有土地，其后来的土地都是一分一分从荒山、荒滩和林地开垦出来的。山东头村一直以来亦农亦渔，但是村中有纯粹的农户，而无纯粹的渔户，土地是村民赖以生存的根本。地少山多，且土地大多为山岗薄地，土地资源非常珍贵。据1951年山东头村土改时的统计，时全村共346户，

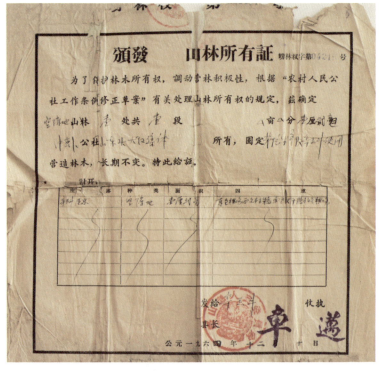

1964年车迈县长颁发的田林所有证

1774人（其中，有11户为非农业户，举家住在市里经商，但在村内仍有土地），土地总面积为3085.15亩；其中，地主、富农共12户，计61人；地主、富农共拥有土地约295亩，点全村总土地面积的10.43%。

农民视土地为命根子，不在万不得已的情况下，绝不可以出卖土地。出现出卖土地的情况，一般有三种原因：一是因家庭人员常年生病，二是出现天灾人祸，三是其父母去世，需要出卖土地为父或母发丧。一句话，不出卖土地不足以生存下去，才能出卖部分土地，以利生存。

出卖土地时，需要三方人员在场，即当事双方和第三人，包括出让（卖）方、受让（买）方、证人（一般为村长、族长）。由证人写好契约，买卖双方和证人共同签字，契约上写明出让土地所在地片名称及范围四至，并由出让方将原地块地契交付受让方，交易完成。

买卖房屋

旧时，土地、房屋与衣食，是农民的三大生活要素，缺一不可。发生房屋买卖的情况有三个方面的成因：一是卖方为生活所迫而出卖房屋；二是后继无人而出卖房屋；三是发生天灾人祸，或其它不可抗拒灾难，只能出卖房屋。

另外一种情况发生在解放后。大集体时期，因房子小，需要重新申请宅基地，而将原来的小房产出卖给所需人家。此类情况一般发生在相邻人家之间，或由出卖（让）旧房者帮助建不起房子者新建房子。

房产买卖是房地产交易的典型类型，房地产交易是实现房地产商品价值与使用价值的经济过程，房产买卖不仅包含了房产占有

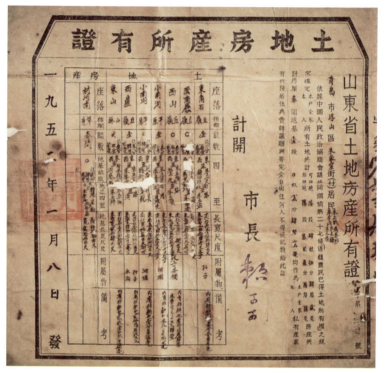

1952。1.8. 青岛市赖可可市长签发的土地房产所有证

的转移，也包括了房产处分权的转移，包括国有房产的买卖、集体房产的买卖和私有房产的买卖。

买卖房屋的程序，同土地买卖相似，由买卖双方、证人共同立好契约，写明四至范围，并按约定付款、物。现今则需要买卖双方达成约定协议，并到公证处公证后，方才发生效力。

租赁凭据

　　租赁有动产与不动产之分。旧时租赁多为房屋租赁，即不动产租赁；动产租赁，出现在新中国成立后的集体与集体之间；个人不动产租赁出现在改革开放后，如租赁生产工具、车辆、机械等。

　　以房屋租赁为例，旧时房屋租赁一般由出租和承租双方口头约定即可。现在租赁房屋，则需要双方签订租赁凭证或租赁合同。租赁凭证是指房屋租赁中出租人（一般为房屋所属人）将房屋出租给承租人使用时的书面凭证，此凭证具有法律效益，但与租赁合同有所不同，需要注意区分。租赁凭证不等于租赁合同。若房屋租赁期限超过 6 个月，则双方必须签订书面合同，租赁合同中必须包括出租房屋的使用范围、面积、期限、用途等。

借据、收据

　　俗称借条、收条。通常用于借款或收款之凭据。无论是借据或收据，都要注明当事人称谓、缘由、出处、时间及款项等明细。

　　常见格式如下。

借条

　　今（出借人）＿＿供给（借款人）＿＿人民币（大写）＿＿整，即￥＿＿＿＿元。借款期限自＿年＿月＿日起至＿年＿月＿日止，共＿月，利率为每月＿＿＿＿％，利息总计人民币＿＿＿＿＿整，全部利息于＿年＿月＿日一次性偿还。

　　如果不能按期足额偿还利息借款，借款人应在逾期当日起每天向出借人支付借款的＿％ 作为违约金。本借条同时为借款人收讫借款的法律凭证。

借款人　　　身份证号

担保人　　　身份证号

借款日期　年　月　日

备注：需用担保人产权_____抵押。

收条

今收到出借人____借给本人____现金共计人民币（大写）元整，（小写）￥____元整，此收条自签字后生效。

借款人：

年　月　日，

收据

今收到____，购买座落于____房屋房寺（大写）____元整（小写）____元，以____方式支付，特此为据。

收款人：

见证人：

年　月　日

第十六章　陈规陋习

裹脚

风俗，天下之大事也。然而，长期以来，在一些乡村的风俗中，也沉淀积累着一些陈规陋习，为害不浅，求神、许愿、看相、查日子、看风水，人们的行为被陈规拘束，为陋习"绑架"。譬如，为了"名声"，在家中长辈去世后"厚葬"，以致于穷家当产；譬如，为了"面子"，婚嫁时出现的天价彩礼，而致适婚家庭债台高筑；譬如，卜卦求神、封建迷信等，误人误事，给个人、家庭和社会造成危害等等。既然是陈规陋习，一言以蔽之，移风易俗，则利国利民。惟有淳化乡风，久久为功，持续提高乡村社会文明程度，改变陈规陋习，塑造乡村精神风貌，才能焕发乡村文明新气象。

裹脚也称缠足，是中国古代的一种陋习，即把女子的双脚用布帛缠裹起来，使其变成又小又尖的"三寸金莲"。"三寸金莲"也一度成为中国古代女子审美的一个重要标准。但是，古代妇女缠足起始时间，却始终是一个谜。弓鞋就是缠足妇女所穿的一种小头鞋子，因鞋实在太小，时人又冠以"金莲"的美称，又因多由罗绮绣成，又名"绣罗弓"。

说裹脚始于隋，也源自民间传说。相传隋炀帝东游江都时，征选百名美女为其拉纤。一个名叫吴月娘的女子被选中，她痛恨炀帝暴虐，便让做铁匠的父亲打制了一把长三寸、宽一寸的莲瓣小刀，并用长布把刀裹在脚底下，同时也尽量把脚裹小。然后又在鞋底上刻了一朵莲花，走路时一步印出一朵漂亮的莲花。隋炀帝见后龙心大悦，召她近身，想玩赏她的小脚。吴月娘慢慢地解开裹脚布，突然抽出莲瓣刀向隋炀帝刺去。隋炀帝连忙闪过，但手臂已被刺伤。吴月娘见行刺不成，便投河自尽了。事后，隋炀帝下旨：日后选美，无论女子如何美丽，裹足女子一律不选。于是民间女子为了不被选入宫中（另一说为纪念月娘），便纷纷裹起脚来。从此，女子裹脚之风日盛。

到了明代，裹脚之风进入兴盛时期，并在各地迅速发展。朱元璋的皇后曾因一双天足而被百姓讥笑"马大脚"，"露马脚"一词典故由此而生。清兵入关以后，颁布"剃发令"，武力强迫男子剃发，作为汉人屈服于清廷的象征。与此同时，女子裹脚这种风俗文化，开始也被清廷下令停止，但并未达到目的，故有"男降女不服"之说。自此以后，"缠足"愈演愈烈。这一时期，作为一个女人，是否缠足，缠得如何，将会直接影响到她个人的终身大事。同时，八旗女子也开始缠足，她们的缠足方法不同于"三寸金莲"，而是把脚缠得既瘦窄又平直，瘦削有如利刃，故名"刀条儿"。在当时，社会各阶层的人娶妻，都以女子大脚为耻，小脚为荣，"三寸金莲"之说深入人心，甚至还有裹至不到三寸的，以致出现女子因脚太小行动不便，进进出出均要他人抱的"抱小姐"，而且这样的女子在当时还大受欢迎。也正因此，妇女缠足在清代可谓到了登峰造极的地步。

缠脚的时候让女孩坐在矮凳子上，盛热水在脚盆里，将双脚洗干净，乘脚尚温热，将大拇趾外的其他四趾尽量朝脚心拗扭，在脚趾缝间撒上明矾粉，让皮肤收敛，还可以防霉菌感染，再用布包裹，裹好以后用针线缝合固定。两脚裹起来以后，往往会觉得脚掌发热，有经验的人不会一开始就下狠劲裹，最好是开始裹的时候轻轻拢着，让两只脚渐渐习惯这种拘束，再一次一次慢慢加紧，这一个时期可以从几天到 2 个月。此后，还要经过试紧、裹尖、裹瘦、裹弯四个过程。也有夹竹片、石板压迫、裹入碎瓷、再用棒槌狠敲，敲到脚趾脱臼骨折，加速裹脚的进程，也称简易裹脚法。

民国前，崂山地区的少女普遍裹脚，且以"三寸金莲"为美，否则，很难嫁入好人家。直到民国时，孙中山总统于 1912 年 3 月 11 日发布《大总统令内务部通饬各省劝禁缠足文》，也就是人们平时说的"劝禁缠足文"，这时缠足之风才逐渐停止。

赌博

新中国成立前，赌博有掷骰子、押宝、推牌九、看纸牌、打麻将等形式，新中国成立后，严令禁赌，一度消失，20 世纪 90 年代又有回潮，除用扑克牌、麻将行赌外，有的还使用赌博机。

算命许愿

有的村民遭事疑难不决，即求助于算命先生，通过摇卦、相面、抽书、掐草等猜测吉祥；有的迷信神佛能治病消灾，遇天灾人祸求告神仙保佑，并许愿酬谢；有的巫婆觋汉自称大仙附体装神弄鬼，故弄玄虚，欺骗群众，勒索钱财等。

查日子

崇尚黄道吉日，凡遇婚嫁、丧葬、走亲访友、打墙盖屋等重大事项，都要请人查日子。不查日子，则担心遭遇鬼魅作祟，或遇到天灾人祸，或折财损命。婚嫁喜欢选择农历双日，其他重大活动则以三、六、九为吉利日子。

看风水

看风水又称堪舆。堪舆家与五行家并称，"堪舆"本有仰观天象、俯察地理之意，后世专称看风水的人为"堪舆家"，故堪舆在中国民间亦称为"风水"。看风水主要用于勘定宅基地、坟地等的地理状况、态势，认为风水的好坏可直接影响甚至决定一个家庭、家族及其子孙后代的兴衰与凶吉。一些专门以此为业者被称为"风水先生"。旧时，"风水先生"以"犯风水""压太岁"等一系列危言耸听的言辞愚弄民众或信奉者，以达到其谋财目的。邻里之间，常有因为听信所谓风水之说而引起纠纷和诉讼，甚至出现为此而械斗身亡、倾家荡产者。新中国成立后，绝大多数群众不再迷信风水，少数人则在遇到疑难或天灾人祸时仍相信风水，或拆房改门，或迁移厕所，造成不应有的浪费。

算卦、相面、抽书

旧时，人们遭遇疑难或委决不下之事时，往往求助于算卦决断。此行业以十二属相及五行相生相克之理，推算吉凶。相面者，以麻衣相观察面貌或双手，以测定福运、吉凶等。抽书者，则用鸟雀或人抽出有画的小折子道出吉凶。此行业者，大都信口雌黄，骗取人钱财。新中国成立后，此陋习虽说渐被人们摒弃，但仍有少数村民信奉。

治病求神

旧时村民普遍迷信"人生有命，富贵在天""敬天敬地敬鬼神，不敬鬼神心不宁"，相信神佛能治病消灾，加之乡间缺医少药，因此在遭遇天灾人祸时，往往不是去请大夫治疗，而是多多祷告神灵保佑，并许愿酬谢。如到了许愿酬谢日期时，扎"纸草"、糊"包袱"、写"褡子"等，内装纸箔，送至十字路口火化还愿。此种信神不信医的习俗，往往贻误病情，甚至人为加重病情，酿成恶果。新中国成立后，此类迷信逐步被民众所摒弃。

巫婆、神汉

旧社会各类迷信活跃，巫婆、神汉、巫术横行。巫婆自称大仙附体，装神弄鬼，自诩能包治百病或禳祸祛灾。神汉（觋）则以跳大神等方式请神降仙，愚弄病家，骗人钱财。崂山虽没有行巫术者，但有关病人患病是由于被施咒，或人、物遭咒之说，在过去深入人心。其周边地区亦有巫术活动，如"收发"就属此类现象。有传说，会"收发"者，在大年除夕夜收集人声，被收走声音者，一年运势不旺。因此，大年夜家里的大人会嘱咐年幼者禁声，以防被"收发"者将声音收走；"收发"者则以法力为人驱邪魅、驱虫灾等。

守节

旧社会妇女社会地位低下，要求妇女要具备"三从四德"。"三从四德"是中国古代封建社会用于约束妇女的行为准则与道德规范，是"三从"与"四德"的合称。根据"内外有别"（即男主外女主内的社会分工）的原则，由儒家礼教对妇女的一生在道德、行为、修养上进行规范要求。"三从"指妇女未嫁从父、出嫁从夫、夫死从子；"四德"指妇德、妇言、妇容、妇功。妇女在丈夫去世后，不再改嫁别人，而一直独身终老，谓之"守节"。与此相反的是，男子可有妻有妾，丧妻可续弦再娶，可休妻，女子只能从一而终。过去还有守"望门寡"的，就是还未成亲而夫亡逝，未过门女子亦要守节到老。甚至还有未婚而夫死，女子到亡夫灵前自尽者，谓之"殉礼"。此种情况下女子受到官府嘉奖，为之树碑立传。崂山山东头村在其村西、原小学以南曾竖立"贞节碑"，新中国成立后予以摧毁。这些不正常的婚姻关系及男尊女卑的社会现象，在新中国成立后彻底消除。

第十七章　新风新俗

风俗是人们在社会生活中逐渐形成，并沿袭而巩固下来的，具有稳定性的社会风俗和行为习俗，成为人们自觉或不自觉的行为准则。旧时城乡居民禁忌较多，表现在人们行为的各个方面，相沿成习。其中有合理的禁忌，但多带有封建迷信色彩。传统习俗的内容复杂而繁琐。一是不同民族、不同地区、不同族群，具有历史遗留下来的不同的传统习俗。旧的风俗中，有精华，也有糟粕。对此，我们要进行具体分析，区分出精华和糟粕，以摒弃其糟粕，而吸取其精华，为巩固和发展社会主义所用。二是适应现实社会历史条件而产生的，如新中国成立后所倡导的新的生活习俗。以节日为例，新中国成立后，中华人民共和国中央委员会、中央人民政府政务院、全国人民代表大会常务委员会分别命名确定了一批新兴节日和纪念日，同时对有影响的国际节日在我国庆祝与否也进行了明确规定。而且，这些新兴节日逐渐为民众所接受，成为村民日常生活和节庆的一部分。庆祝活动通常有集会联欢、慰问走访、文娱演出、表彰先进等。其中的重要节日还要在主要街道、社区插彩旗、悬挂横幅、张灯结彩等来营造节日气氛。对于部分节日，国家还规定了法定假期。

现代节日主要有：元旦、"三八"节、"五一"节、母亲节、父亲节、"五四青年节"、"六一国际儿童节"、"七一"党的生日、"八一"建军节、教师节、国庆节等。

元旦

公历的 1 月 1 日，是世界多数国家通称的"新年"。元，谓"始"，凡数之始称为"元"；旦，谓"日"；"元旦"意即"初始之日"。元旦又称"三元"，即岁之元、月之元、时之元。由于地理和历法的不同，在不同时代，世界各国、各民族元旦的时间不尽相同。现在，公历日益为世界各国所通用。世界上大多数国家都采用了国际通行的公历，把每年 1 月 1 日作为"元旦"。以公历为历法的国家，都以每年公历 1 月 1 日为元旦日，举国放假。

中国历史上的"元旦"指的是"正月初一"，"正月"的计算方法、历代的元旦日期并不一致。从汉武帝起，规定阴历一月为"正月"，把一月的第一天称为元旦，一直沿用到清朝末年。辛亥革命后，为了"行夏正，所以顺农时，从西历，所以便统计"，民国元年决定使用公历（实际使用为 1912 年），并规定阳历 1 月 1 日为"新年"，但并不叫"元旦"。1949 年中华人民共和国以公历 1 月 1 日为元旦，因此"元旦"在中国也被称为"阳历年""新历年"或"公历年"。

《全国年节及纪念日放假办法》规定，元旦放假 1 天。自 20 世纪 90 年代起，元旦逐渐成为崂山及周边地区民众欢度的节日。

"五一"节

国际劳动节又称"五一国际劳动节""国际示威游行日"，是世界上 80 多个国家的全国性节日，定在每年的 5 月 1 日。它是全世界劳动人民共同拥有的节日。1889 年 7 月，由恩格斯领导的第二国际在巴黎举行代表大会。会议通过决议，规定 1890 年 5 月 1 日国际劳动者举行游行，并决定把 5 月 1 日这一天定为国际劳动节。

中央人民政府政务院于 1949 年 12 月作出决定，将 5 月 1 日确定为劳动节。1989 年后，国务院基本上每 5 年表彰一次全国劳动模范和先进工作者，每次表彰 3000 人左右。1999 年 9 月 18 日，中国国务院发布《国务院关于修改〈全国年节及纪念日放假办法〉的决定》，第一次修订了 1949 年 12 月 23 日中国政务院发布的《全国年节及纪念日放假办法》，将每年春节、"五一"和国庆节法定节日加上调休，全国放假 7 天，形成了 3 个"黄金周"。

2007 年 12 月 14 日，中国国务院第二次修订《全国年节及纪念日放假办法》，将春节的放假起始时间由农历年正月初一调整为除夕；"五一"由 7 天调整为 3 天，减少 4 天；清明、端午、中秋增设为法定节假日，各放假 3 天。五一黄金周也成为历史，2008 年起，五一黄金周变为 3 天小长假。

国庆节

中华人民共和国国庆节又称"十一"、国庆节、国庆日、国庆黄金周。中央人民政府宣布自 1950 年起，以每年的 10 月 1 日为中华人民共和国宣告成立的日子，即国庆日。新中国成立初期（1950~1959 年），每年的国庆都要举行大型庆典活动，同时举行阅兵。1960 年 9 月，中共中央、国务院本着勤俭建国的方针，决定改革国庆制度。此后，自 1960 年至 1970 年，每年的国庆均在天安门前举行盛大的集会和群众游行活动，但未举行阅兵。1971 年至 1983 年，每年的 10 月 1 日，北京都以大型的游园联欢活动等其他形式庆祝国庆，未进行群众游行。1999 年 10 月 1 日，国庆 50 周年，举行了盛大国庆阅兵和群众庆祝游行。这是中华人民共和国在 20 世纪举行的最后一次盛大国庆庆典。2009 年 10 月 1 日举行了 21 世纪第一次国庆大典，即庆祝中华人民共和国成立 60 周年庆典。

国庆节既是国家的节日，也是全国人民的盛大节日，每到国庆节时日，家家户户相聚在一起，或一边观看央视"国庆"直播，设宴相庆，或利用长假举家外出旅游，或邀请亲朋好友一起相聚。

现代节日因全国节日形式大体一致，不再一一赘述。

可以说，现代节日是新风新俗的表现形式之一，与此相一致的是在民俗上的一些重大进步和改革，而这些进步与改革是在人们不知不觉的潜移默化中悄悄兴起的。

丧葬新风俗

20 世纪 60 年代后，旧时的丧葬仪式逐渐简化，部分仪式被废除。尤其是 60 年代末，举国上下"破四旧，立四新"，在崂山地区兴起了"逝者为生者让地""平坟还地"运动，平地或可耕地的坟头被迁往山坡、山坳，对人们根深蒂固的丧葬习俗起到了冲击的作用。此后，20 世纪 70 年代末又开始推行火化，盛殓习俗废止，但部分先前已消失的丧葬习俗重新出现。普遍实行火葬后，总体丧事从简，将死者骨灰盒埋葬土中，"入土为安"。新旧世纪之交起，部分村庄开始将死者骨灰盒存放怀念堂，丧葬习俗进一步从简从新。

节日新风俗

以过年为例，除保留原有的贴春联、穿新衣、放鞭炮、吃饺子、拜大年之外，烧香纸、拜神、包括一些禁忌等风俗逐渐弱化，有的甚至被摒弃。取而代之的是利用节假外出旅游，或一家人一起观看央视"春晚"及地方台的联欢晚会。各种晚会异彩纷呈，令人目不

春节大集盛况

暇接。人们在欢乐中发微信、致贺电，互相拜年庆贺。

婚礼新风俗

所有的民族和国家都有其传统的婚礼仪式，是民俗文化的继承途径，也是民族文化教育的仪式。婚礼是一个人一生中重要的里程碑，属于生命礼仪的一种。在大部分文化里，通常都会发展出一些婚礼传统与习俗，其中有许多在现代社会中已经失去了其原本的象征意义，逐渐演变为世俗婚礼的一部分。现在婚礼更加追求新潮，婚车替代了花轿，婚纱代替了凤冠霞帔，婚庆公司代替了家庭司仪；婚礼仪式上由长辈为主，变成了以双方领导、同事、同学等年轻人为主；家中摆宴变成了大饭店设宴，婚后的"三日面""望四日""叫七、还八"成了新郎、新娘旅游结婚；等等。

现代婚礼中西融合

后记

生于斯，长于斯，耳濡目染，却不敢说"不学以能"。也不知从什么时候起，就有要写一写崂山民俗的想法，又正应了崂山地区一句俗语，"夜来打算上登州，早上醒来在炕东头"，一来二去，就耽搁下了。

20世纪80年代，一次偶然的机会，我参与了张崇纲先生带领的崂山民间故事采风组的下乡采风活动，接触的都是一些老农民、老渔民，或是一些民间艺人。在此之前，对于民俗，只道是"下里巴人"，哪能与诗词歌赋之"阳春白雪"相提并论。然而，所到之处，细细听来，方才从中领略到民俗之不俗，对于民俗中的礼节、学识之博大精深，感到震撼。也许正是从那个时候开始，便产生了认真研究一下生我养我的这片土地上之民俗的念头。

今年秋季的某一天，偶与赵夫青先生相聚，他问我退休后都在忙些什么，我回答说，闲来依然写点东西，前些时候受山东头村志编委会的邀请，在为山东头村编写村志。他就一乐，说：很好，崂山区文旅局和文脉基金正商讨出版一套文集，问我是否有兴趣加入其中，写一写有关崂山民俗方面的事情。因我在村志中负责编写的卷目就有民俗部分，就愉快地答应下来。但是，要写民俗，而且要写好民俗，何其难也。难，是因为民俗的博大，而自己又对民俗认识浅薄，孤陋寡闻，惟恐有失偏颇，但既然已经应承下来，也就只能勉为其难并尽力而为了。

在此，要感谢赵夫青先生，给了我一个研究学习民俗的机会，同时也要感谢山东头村志编委会和各位同仁，他们在紧张的查阅资料和编写工作中，又给我提供了很多不可多得的资料素材，使我顺利地完成了《崂山风情录》的编写。

感谢编辑斧正之美，更为作品增光添色！

感谢您能读《崂山风情录》。

辛克竹

2019 年 12 月

文脉基金

青岛教育发展基金会文脉出版基金，是由马春涛创立的全国首个个人发起的非盈利性公益出版基金。以发掘本土思想资源，研究城市文明形态，梳理文化脉络系统，推动青岛人文历史出版和录制为己任。

青岛文库

青岛文库是文脉出版基金支持出版的青岛首套大型人文历史书系。以追溯青岛历史真相和探究青岛人文发展为主旨，集合档案、文献、文本、口述、叙述、研究等诸多形态。涵盖百余年城市社会不同发展阶段各个方面，拟设人文系、地理系、影像系、人物系、百科系、学术系、科学系、创作系八大子书系。